Aytaç Ars
Hayvan Herif

Roman

Faab KİTAP

Edebiyat dizisi : 8
ISBN : 978-605-84251-9-4
Sertifika no : 32054

Ocak 2018 İstanbul

Hayvan Herif – Aytaç Ars

Editör : Nezihe Gülay
Sayfa Düzeni ve Baskıya Hazırlık : Faab KİTAP
Son Okuma: Robin Jan
Yayına Hazırlayan : Feyza Nur
Kapak Fotoğrafı : Mehtap Suiçmez

Baskı: Sena Ofset
Maltepe Mahallesi Litros Yolu Sokak 2. Matbaacılar Sitesi
B Blok Kat:6 No:4NB7-9-11 E Blok Kat:6 No:4NE20
Topkapı 34010 Zeytinburnu / İstanbul / TÜRKİYE
Tel: +90 212 613 38 46
Sertifika No: 12064
www.senaofset.com.tr

***Faab* KİTAP Yayıncılık**
Siyavuşpaşa Mahallesi, Gelincik Sokak
No: 23 / B Bahçelievler / İstanbul
Tel & Fax : 0212 504 05 15
faabkitap@gmail.com ve kitapveben@hotmail.com

Aytaç Ars

Hayvan Herif

Roman

Faab KİTAP ®

Aytaç Ars

Türkiye'de Yeraltı Edebiyatını sevdiren on yazardan biri olarak kabul edilen Ars, 14 Ocak 1988 tarihinde Çorlu'da doğdu. 2010 yılında İstanbul Üniversitesi Radyo-Tv-Sinema bölümünden mezun oldu. İlk romanı paralel ve çaprașık ilerleyen günlüklerden oluşan Sekizinci Seksek 2013 yılında basıldı. Peşi sıra "sadece siyahı görenlerin romanı" dediği Defo ve ilk distopyası olarak görülen Çıplak Protesto adlı eserleri yayımlandı. Çeşitli dergi ve fanzinlerde yazarlık ve editörlük yapan Aytaç Ars'ın dördüncü romanı Hiç Anadolu Piç Amerika, kitabı yayımlayan yayınevi tarafından neden gösterilmeksizin toplatıldı ve imha edildi. Yakarsa Dünyayı Vampirler Yakar romanı 2016 Mayısında okurlarıyla buluştu. Aynı yılın Kasım Ayında Faab Kitap Basım ve Yayıncılık tarafından ilk şiir kitabı "Ben Onları Oyalarım" basıldı. Yayımlanan "Cennet Böcekleri" romanıyla birlikte Hayvan Herif adlı çalışması, yazarın Faab Kitap'ta çıkan ikinci, kendisinin de sekizinci kitabı.

"Onu uyurken izledim ve dünya barışına katkıda bulundum."

Kedim Sanço'ya...

1. Köpek / Timuçin

"Köpeğin ölümü de köpekçe olur."

Anton Çehov

-1- Bir Deli Gördüm Sanki

Timuçin, evinin bahçesinde bir köpeğin, çok iri, çok şişman bir köpeğin dolaştığına emindi artık. Bu solumalar, bu hayvanlığa has temkinli adımlar, en iyi ihtimalle onu bir köpek kılıyordu. Dışarıda ne var? İnsan hep bir içlemin kalın kabuğunda mahsur kaldığına göre asıl soru buydu:

"Dışarıda ne var?"

Ama Timuçin yanılıyordu. Evinin bahçesinde bir köpeğin, bir dinozorun, bir mamutun dolaşma imkanı söz konusu olamazdı. Zira bulunduğu evin hiçbir şekilde bir bahçesi yoktu.

Adamımız 'bahçeye' bakıp korkmaya devam etmek istedi. Yapamadı. Kahverengi vazodaki olmayan gülleri koklamadan önce burnunu iki kere çekti.

Oh mis dedi Timuçin. Kendisinin varlığından son derece emin.

-2- Tatlı Bir Hayal

Kollarımı ve bacaklarımı hissetmiyorum. Salt gövde ve kafa... Düzeltiyorum: Yumuşak bir kafa. Kollarımı eskiciye; bacaklarımı hurdacıya; sikimi de ev hediyesi olarak yeni taşınmış komşulara vermişim sanki. Kendimle baş başa olmanın ötesine geçtim. Kendimle kafa kafayım.

Bugün değişiklik olsun diye grup seks yapıyorum. Ben, Ruhnaz ve ikimizin halüsinasyonları. Gelinlik giymiş bir tavşan oluyor gördüğüm. Ya da beyaz giyinmeyi şiar edinmiş bir hayalet. Onun gördüğü muhtemelen Yeşilçam filmlerinde hep kötü adam rolünde oynayan figüranlardan biri. Yoksa neden Hülya Koçyiğit gibi hayır hayır deyip kafasını sağa sola sallaya sallaya klişe rüzgarlar estirsin?

Korktuğum şey başıma geliyor. Tavşanlar çoğalıyor.

Ürktüğüm şey başıma geliyor. Tavşanlar dansa davet oynuyor. 4 smokinli sikik tavşan; 1 gelinlikli yelloz tavşana ellerindeki buket çiçekleri sallaya sallaya bir gidip bir geliyor.

Ruhnaz, kucağımda zıplıyor.

Kadın tavşan, ilk geleni reddediyor.

Ruhnaz, kasıklarımı karnından dökülen terlerle tamir ediyor.

Kadın tavşan, ikinci geleni tokatlayarak geri gönderiyor. Ruhnaz, ağzımın içine tükürüyor. Başka bir soluğun denizinde yüzmeyi öğreneyim ve batayım diye. Kadın tavşan, üçüncü geleni papyonundan çekiştirip yere düşünüyor.

Ruhnaz, artık çöplüğün içine bile atılmamış eski birer terlik olan göğüslerime tutunarak kalp masajı yapmaya çalışıyor.

Kadın, tavşan dördüncü gelenin üstüne kusuyor.

Ruhnaz, ağzıma boşalıyor. Galaksi, dev bir sel dalgasına maruz bırakılıyor. Yıldızlar sular altında. Nuh, diye bir herif vardı hani. İşte bu adam, bu sefer bizi kurtarmayacak. Kendisine ayırdığı gemilerin ikisine birden binip buradan kaçacak. İki zürafanın boynuna atlayarak buradan kaçacak. Ama hep kaçacak. Tanrı, peygamber göndermeyi beni gördükten sonra bıraktı!

Bana aklımı kaçırtan şey başıma geliyor. Tavşanlar bir olup üstüme sıçıyor. Kahverengi, hiç bu kadar kötü kokmamıştı.

Ruhnaz, anıra anıra evin içinde tur atmaya başlıyor. Şiddetli geçimsizlikten boşalmanın yan etkileri. Ben de çok geçmeden bu kelime oyununun üstüne boşalıyorum. Bir erkek için makul kıyamet projesi. Boşaldım ve yokum. Boşaldım ve aslında hiç olmadım. Ruhnaz ile toparlanıp tavşan cesetlerini çöpe atıyoruz.

Ortalıkta bir boks sonrasının ring kirliliği var. Kan lekesini nasıl çıkarabilirsin? Hala damarlarındayken?

Bugün bir değişiklik yapıp grup seks yapıyorum. Ben, iki halüsinasyon ve Ruhnaz isminde biri. Ruhnaz isminde birinin olup olamayacağını kiminle tartışabilirim?

Ben Timuçin. Kapının bir rüzgar ya da bir hanımefendi tarafından kapatılıp kapatılmadığını asla tam olarak bilemeyeceğim.

Güneş, önünden geçen kargalara bakarak tiksintiyle doğuyor.

Ey sabah! Ey biz kahkahalarla mağlup edilmişlerin elektrik kaçağı! Senin pisliklerini çöpe atamayacak kadar yorgunuz.

-3- Yeni Çıkan Telefonlar Yeni Nesil Hayaletler

Ona aşık oldum – diyerek boşaldım.

Aptal Gökçe bunu üstüne alındı. Terimin bataklığında herbiri kör ve kıçlarından okla vurulmuş yılanları andıran kollarıma sarıldı.

Hey! Oysa ben tam olarak karşı kanepede bizi izleyen 'Melike'ye' aşık olmuştum! Dolambacımın rezil labirentinde; daha ilk bölmenin dizilişinde kaybolmuş bir aptallıktı benimki!

Evde beslenecek hayvan olarak kokarca türünü seçmiş; sonra 'bu kokuyor be' diyerek onu fırında pişirmiş; sonra onu afiyetsizlikle yerken mide zehirlenmesinden ölmüştüm. Keşke bir mide olarak dünyaya gelseydim. Böylece vücudun sahibi şimdi benim yaptığım gibi birtakım haltlar yediğinde midesiz olmakla suçlanacak; ben bir mide olarak; yokluğumla ortadan kaybolmanın keyfini tadacaktım.

Seviştikçe azalan bir bedene sahibim. Ruhun her ölümde kıçtan çıktığına ve bu osuruk kokan ruhlarla fazla ilerleyemeyeceğimize inanıyorum. Terledikçe fikrimdeki özel cenneti, yabancı banyolarda duşlar aldıkça hüviyetimi, biraz önce üstümde olan kıyafetleri yeniden giyerken paçavra benliğimin muktedir parçalarını kaybediyorum.

Ben bir erkek orospuyum! Bedenimin ücretini bizzat kadın bedeninin tahsil edilmesiyle karşılıyorum. 1ler 1i götürdüğünde ortada kalan sıfırın içine sıkışıp yuvarlanarak hem bir başkası hem bir şeyin aynısı olan köşeli boşluğun çalkantısında boğulmak üzere yorgun kulaçlar atıyorum.

Ve Melike bana bakıyor.

Ve Gökçe, sel olup evim olan gövdemin üstünde çağlıyor.

Ve Ruhnaz mesaj atıyor:

Günaydın aşkım.

Oysa gece yarısı. Söylemeliyim ki Ruhnaz, uzakta bir yerde. Belki başka bir kıtada; belki bir zamanın başka yöne aktığı bir atmosfer kaymasında; belki zamanın icat edilmediği devasa bir kumsalda. Ne olursa olsun; o bana mesaj atıyor ve ben bakıyorum.

Melike, Gökçe ile sevişmemiz boyunca çizdiği kara kalem resimleri gösteriyor. Kıkırdıyorlar. Kıkırdama kelimesi, kıkırdakları çağrıştırıyor bende. Kemiklerim acıyor. Serbest çağrışım bu kadar melodramatik işte. Hey kadınlar! Ben sizin serbest çağrışımlı, kemik erimeli, kıkır kıkır kıkırdaklı orospunuzum!

Sonunda gerçek bir sabah oluyor. Tilkiler var birtakım ormanlarda ve yedikleri tavukları kusa kusa yuvalarına doğru adımlıyorlar.

Yanımda iki hatun ve ben... Beş parasız play –boy. Çağın en akışkan ironisi.

Pastanede birtakım börekleri, poğaçaları, çayları tüketiyoruz. Sabah, ayaz… Puslu manzaralara bayılan minimalist bir sinema yönetmeninin meşhur sahnelerini çektiği bu sabahta; kamera dışı, kadraj dışı, mizansen dışı figüranlarız.

Ölümün dublörü kan işeyen iki pembe bulutun çarpışmasından ibaret.

Var mı itirazı olan? Yok. Çünkü 'Kım' yok. Çünkü 'NE' yok. Çünkü 'Ne zaman' yok. Sadece 'Nereden geliyorsun' var.

Nereden geliyorsun?

Hiçliğin terzi diken muşambasından; berber boğazları kesen makaslardan; mesleği gece işlemek olan bir takvim yaprağının düşme hızından geldim. Geliş o geliş. Bir daha görülmemek üzere görünmez adam oldum. Ya da kaybolan adam… Ya da bir kadının çantasını karıştırırken düşürdüğü ayna kırılması oldum.

Oldum mu sahi ben?

İki kadınla tamamen resmi bir edayla tokalaşıp vedalaşıyorum. Arkalarından bakıyorum sonra.

Kalçalarına. Silinen ve atmosfere karışan kokularına... Onları bir daha görmeyecek olduğum gerçeğine bakıyorum.

Tanrım! Bana yasını tutacağım bir şeyler verdiğin için sağ ol!

Dördüncü yemek üstü sigaramı kaldırıma atıp eve doğru yollanıyorum. Kendimi kullanılmış bir peçete, birinin kıçına doğru batan güneş gibi hissediyorum.

Hissetmeye devam ederken anahtarı çeviriş, kapıyı açış.

Karşımda Ruhnaz var. Şaşırmalı mıyım?

Hayır.

Karşımdaki Ruhnaz'ın kafasında kocaman bir kurşun deliği. Korkmalı mıyım?

Evet. Biraz.

Ruhnaz, sapsarı dişlerini yüzümün korkunç meleğine geçirerek fısıldıyor:

Günaydın aşkım.

Kendimizi yaratıcısının İngilizce vahiylerini anlamayan lisans öğrencisi bir peygamber gibi hissediyorum.

-4- Bir Zombi Devam Filmi

Hayaletlere inanır mısınız? Zombilere? Dünya dışı varlıklara? Metafizik ucubelere? Çocuk kanıyla beslenen cinlere? Ensest goblinlere?

Timuçin hiçbirine inanmazdı. Ta ki eski sevgilisi Ruhşan, kafasında bir delik, üstünde üç ay önce giydiği entari ile evinin mutfağında ona Türk kahvesi pişirene kadar.

Timuçin, Timuçin olalı hiç bu kadar manalı sorular sormamıştı:

1- Ruhnaz, bir ölüyse neden bana Türk kahvesi yapıyor?
2- Ruhnaz, ölü değilse kafasındaki delikten akan kan, yanlış yerden yapılan sekse mi delalet. (Bakalım: ''Kafamı siktin be, yeter'')
3- Ruhnaz, benim eski sevgilimse neden burada? Hala sevgilimse üç aydır neredeydi?
4- Belki de büyük paranoya doğru söylüyor: Biz, aslında yokuz. Öyleyse kahve nasıl kendi kendine pişiyor?

Timuçin, kahveden bir yudum alıyor. Ve bir insanın yayan halde nasıl türbülansa geçebileceğini hissediyor.

"Sevdiğin gibi yaptım. Orta tuzlu."

Orta tuzlu. Bir tür Orta Asya, Orta Şut karışımı bir pas gibi... Boğaz yanıyor. Ölünce var oluşun ergenliğinden çıkıp ruhani olarak sapıtıyor muyuz? Üç beyazdan uzak dur. Un, tuz, şeker... Ya da hepsini birbirine karıştır.

Karşına beyaz örtülü olmasa da beyaz badili bir hatun çıksın. Ah ölümün, herkesi divanına kabul eden laubaliliği!

Ruhnaz, asık hayalet suratını kahverengi bir soyutluğa doğru çeke çeke soruyor.

"Ne o? Beğenmedin mi kahveni?"

Adamımız, gözlerini kapatıp açtığında kendini kız isteme töreninde bulmaktan korkuyor. Bir hayaletin sınaması; bir geleneğin mengenesinden daha kavruk, daha kıyıcı olabiliyor. Fincanı incecik sapından tutup bir dikişte bitiriyor.

Eyvahlar olsun. Tuz, Bizans olup Timuçin'den İstanbul'u geri alıyor.

Ve Ruhnaz, önünde soyunmaya başlıyor. Beni özledin mi diyerek. Beni istiyor musun diyerek.

Küçükken, Timuçin malum eyleme 'titişmek' derdi. Şimdi kafası, çocukluğuna geri dönüyor.

> Bir ölüyle titişmek he? Beni bir meyhanenin ortasında bıyıklı devrimcilerle oturtun daha iyi.

Ceketini kaptığı gibi sokağa atıyor kendini adamımız. Dışarısı daha da soğuk... Neyin dahası? Bu sabahtan ve Ruhnaz'ın meme uçlarından.

Timuçin, dışarıda kaldığından emin olana kadar hareket etmiyor. Bu ev, geride bırakılmış bir evdir ve tekrar geri dönülünceye kadar bir ölünün hatıra defterindeki batan güneşe doğru ilerleyen kadın katili kovboyların içlerinden geçen bir anlık pişmanlığın sahte akustiğidir.

Ne uzun, ne sikik cümle ama!

Timuçin, Balkan sinemasının kara komedilerince şöyle bir sırıtıyor.

Dünya gezegeni, dev bir kahkaha efektidir. Biri, sesi sonuna kadar açmaya zorluyor.

-5- Kurabiyeleri Pişirerek Öldürmek

Sıkıntı. Var ve geçmeyecek olan sıkıntı. Güneş, tepede en basit ritüelleri bile yerine getiremeyen kabilenin reisi misali. Kasılmış bir kasın arkasında; başkasının ağzında bir adet çekirdek olarak kırılan omurga. Çat sesi! Çat pat konuşulan bir lisan bilmecesi.

Sıkıntı. Uyuşuk bir cadının, süpürgesiyle uzaklıkları silkelemesi... 'Valla ben söyleyenin yabancısıyım' diyenin yabanıl kelime oyunu. Beyin, uçma biliyor, fakat dışarı çıkamıyor. Kalp? O bir edebiyat hilesi. Yürek falan demeyin sakın; aklımıza sakat at lokantaları geliyor.

Sıkıntı. Bu üç etti. Yanlış terliklere geçirilmiş yamuk ayaklar bizzat Timuçin'in yürüdüğü yolun canını sıkıyor. Doktor beylerin hastalıklarını, doktora gidemeyen Timuçinlerin baş dönmesi tedavi ediyor. Başkalarının şükür vesilesi olmak; bak böyleleri de var derken onlar; o böylelerinin hepsi birden olmak zor iş. Deniyoruz. Kıvırıyoruz da.

Allah, bu soğukta dışarıda kalanlara acısın deniyor; biz dışarıda kalmış götlerimize betonun metreküplerini ezberletiyoruz.

Çoluğu çocuğu da varmış ayy yazık deniyor. Piç, bir çocuk mudur bir hakaret mi?

Karısını on dört yerinden bıçaklamış diyorlar; doğru mu kızzz deniyor; biz kanlı bıçaklar ekmeğe bulaşmasın diye çilek reçelli aldatmacalara sarılıyoruz.

Timuçinler çoğalıyor. Sabrım, sen bize biraz Allah ver. Bize, peygamber ayakları öpen kutsal fetişizmin eğik kibrini ver. Kan şekeri düşmüş meleklerin mafyatik isyanını ver. Biz nasılsa alamayacağız. Sen ver.

Timuçin, çok fakir... Gaz ile intihar etmeye karar vermişken tam, İGDAŞ gelip mührü vuruyor.

Ekran mı o kararan? Timuçinler eşittir kafası kopmuş yaşayan tavuklar. Timuçinler eşittir bir kovuluş destanı; cennetten ve matematik sınavlarından.

Yeni bir dil deniyoruz. Sessizliği saygın kılmak için.

-6- Timuçin'in Tarihi

Timuçin, komünist olmaktan ne zaman vazgeçti?

Metronun önünde sevgilisini bekliyordu. Hemen yanında seyyar bir simitçi vardı. Fena bir gün değildi. Her şey iyiydi. Sevgilisi gelecek, filmler izlenecek; cipsler yenecek; birçok pozisyon denenecekti. Adamımız o zamanlar tütün sarıp içiyordu. Kimyasala karşıydı; tütünü bir bitki, yararlı bir bitki olarak görüyordu. Tabakasından çıkarıp bir tütün yaktı. Bunu gören simitçi ondan bir sigara istedi. Bunu duyan Timuçin, ona bir dal sigara uzattı. Bunu içen simitçi birkaç fırt içtikten sonra suratını buruşturarak sigarayı yere attı. Bunu gören Timuçin'in morali fena bozuldu. Bunu görmeyen simitçi, bir başka bekleyenden sigara istedi. Uzatılan Marlboro'ydu. Timuçin, o gün komedi filmine pek gülemedi. Sevgilisiyle sevişmesinde başarısız oldu. Devrim hayali, bir zamanlar Marlboro reklamlarında oynayan kovboyla beraber ölmüştü onun için. (Doğrusu acı hikaye)

Timuçin, anarşist olmaktan ne zaman vazgeçti?

Bu vazgeçiş bir bayram ziyareti sırasında vuku oldu. Adamımızın götü göbeği saldığı bir dönemde zaten ifrit olduğu bayram ziyaretinde enişteler, amcalar, halalar, yeğenler onun götüyle göbeğiyle feci taşak geçtiler. Oysa Timuçin o sıra gayet ciddi planlar yapan bir gençti. Bir roman yazacak; çok satan değil; çok okunan olacaktı. Piyano çalmayı öğrenecek. Dalmayı öğrenip deniz hayvanlarını keşfedecekti. Ama millet, dünya gündemine onun yağlarını bomba gibi düşürmüştü. Timuçin, hey demişti içinden. Hey, hey! Bir gün devrim ve kaos gelirse; ilk bunları asarım ben! Öyleyse kimin için yakıp yıkacağız?

Timuçin, ırkçı olmaktan ne zaman vazgeçti?

Bir kuruyemişçiye kahve almaya girmişti. Orada dünyanın en güzel gülen adamının zenci olduğunu fark etmişti. (Zenci demeyelim beyler, ayıp oluyor.)

Timuçin, faşist olmaktan ne zaman vazgeçti?

Hitler'in bebeklik fotoğrafını gördüğünde kendini kısırlaştırmak istemişti.

Timuçin, militarist olmaktan ne zaman vazgeçti?

Askere gittiğinin ikinci günü tüm er ve eratı tıpkı bir serap, bir halüsinasyon görür gibi, kadın şeklinde gördüğü zaman.

Timuçin, var oluşçu olmaktan ne zaman vazgeçti?

Pipo içmeyi bir türlü beceremedi. Öksürtüyordu.

Timuçin, nihilist olmaktan ne zaman vazgeçti?

Onlar, sıkı memelere, ince bellere, sütun bacaklara, 69 pozisyonuna da inanmazdı. Oysa Timuçin, kısa hayatının uzunca bir döneminde eli fermuarında dolaştı.

Timuçin, şair olmaktan ne zaman vazgeçti?

Yazdığı tek şiir olan:

"Güzel kalçalara, kaba et dedin Kabalık ettin.''

Umut Vaat Eden Şairler Yarışmasında dereceye giremeyince.

Timuçin, roman yazmaktan ne zaman vazgeçti?

İlk dört sayfada ana karakterinin adı önce Osman, sonra Orhan, sonra İbrahim, sonra Mithat olunca devamlılık tutturamadığını anladı ve bitti. (Oysa romanın adı 'Kurguda Panik' idi.)

Timuçin, dans etmekten ne zaman vazgeçti?

Yaptığı ilk ve son tangoda kendi ayağına basmayı başardığında...

Timuçin, uyuşturucu kullanmaktan ne zaman vazgeçti?

Vücudunun midesine yakın bir kısmında doğal LSD üreticisi bir ek organın olduğunu görür gibi oldu. Görmemiş de olabilir. Her şey hala aynı netlikle bulanık...

Timuçin, anasının kuzusu olmaktan ne zaman vazgeçti?

O doğuştan beri köpek cinsine yatkındı. Bebekken ilk söylediği kelimenin 'hav hav' olduğuna dair ciddi söylentiler dolaşmaktadır.

Timuçin, ne zaman kendisi olmaktan vazgeçti?

Her sene aldığı kıyafetler bir yıl sonra kendisine olmuyordu. Kumaşın, vücuda ihaneti... Kötü. Ruh, aynalarda hiç yoktu. İptal. Kalbin atması, tıbbi bir safsataydı. Onu geç. Ben kimim sorusuna soran adamın çaresizliği ile sen kimsin ulan diyen adamın artistliği birleşince O kim sorusu doğuyordu. Timuçin, her akşamüstü kendisine bakıp böyle diyordu: O kim?

Not: Timuçin asla Cengizhan olamadı.

7. Bu Ülke Ayak Fetişizmini Kaldırmaz Abicim

Otobüstesin. Ayakta. En son 4 yıl önce bir otobüste oturmayı başarmıştın zaten. Cehennemde ne büyük lüks diye iç geçirmiştin.

Evden kaçtın ve nereye gideceğini bilmediğin bir otobüse atladın. Merhaba Timuçin. Bunu ekseriye ergen hippiler ve kafayı yemiş memurlar yapar. Bir de kendilerine yer verilip verilmeyeceğini merak eden hamile paranoyaklar. Sense nükleerden ve hayaletten kaçıyorsun. Kendinden kaçma edebiyatını bıraktın.

Ya da kanadı kırık güvercin edebiyatını.

Güvercini kırık kanat edebiyatı daha cazip. Uçmak değil, düşmek romantiktir. Biliyorsun.

Otobüs sallantıyla düz gidişin refahından ayrılıyor. Düşecek gibi oluyorsun. Tutunuyorsun. Ama tutunduğun bir tutamak değil. Genç bir kadın omzu... Üstelik çıplak. Otobüsteki herkes profosyonel röntgenci ve iyi birer televizyon izleyicisi olduğu için atlamıyor bu detayı. Görüyorlar. Ayıplıyorlar. Onlar için paniğin yeni formatısın.

Onlar doğuruldu; sen yeryüzüne fırlatıldın.

Onlar nostaljiyi Msn kullanmak sanıyor; sen hala daha salçalı ekmek yiyorsun.

Onlar kadın veya erkek. Sen Timuçin'sin.

Omzuna tutunduğun kadın yerini değiştiriyor. Sesinin ölçüsünü ayarlayamadan bağırıyorsun:

- Heheyt! Faşizm bir kadın omzuna kadar sinmiş!

Timuçin kendini, mektup yiyen bir postacı gibi hissediyor. Toplumun posası bozuk naftalin: Giysiler korunmuyor; böcekler sıfırdan yaratılıyor.

O böcekler ki otobüste Akbil falan basıyor. Çıplak omuzların parlayan temaslarında itibar ve hassasiyet patlatıyor.

Kakalak türü böcek: Radyasyondan ve Timuçinlerden etkilenmeyen tek böcek. Yusuf peygamberi Halka filmindeki kızın kuyusuna atıp çağlarüstü bir üçkağıtçılık sergileyen hain böcek. Dazlak bir kalbin üstünde bir türlü ritmini durduramayan sakar böcek...

Neyse ki daha kötüye gitmiyor. Otobüsün bilmem kaçıncı durağında sarışın bir kadın biniyor otobüse. Ayla diyelim biz ona. Çünkü Ayla gibi bir yüzü; Aylaaaaa gibi bacakları var. Bacakları son derece beyaz; bir suçun bağışlanmasından hemen sonra yeniden işlenmesi gibi... Asla kırılmaz ve portatif.

Timuçin'in yakın bir yerinde durup topuklu ayakkabılarını öne atıyor. Adamımız Sindrelle masalı ile uykuya yatırılmış bir çocuktur; ayak ve ayakkabı fetişisti olması kaçınılmazdır. Kaçınılmaz olanın onda yarattığı dehşetengiz salgıyı kimselere koklatmadan içre doğru yayıyor Timuçin. Sertleşen bir şey; fermuarın anatomisini zorluyor.

Ne olacak şimdi? Mağdur bir kovboy Arzu Salonuna girip barmene 'her zamankinden ver bir tane' diyecek. Barmen ona özenle hazırlanmış 'yenilgi kokteylini' takdim ediyor. İçilen içiliyor. Sapıtan sapıtıyor. Ve adamımız, bir kere daha aynı mekanın klişe mizanseninde vurularak aşağı indiriliyor.

Taş yerine bok çuvalı taşıyan bir Sisifos trajedisi.

Ve ne kadar zor değil mi; insanın kendi yarattığı Arzu tarafından hunharca gasp edilmesi. Her gün (Gün mü diyoruz? Zaman, bir yumurcağın ağzındaki palavra) madara bir yenilgiyi tuğlalarını kendi ördüğün bir okulun dersliklerinde kalemlerinden büyük silgiler eşliğinde öğrenmeye çalışmak.

Sonuç? Sonuç, patlayan fermuarlar ve başlamış bir kıyametin ortasında öncekinden daha şefkatli bir biçimde doğan, Tanrıça gibi parlayan ayaklar!

Kuşkusuz Timuçin, başarılı bir mübalağa sanatçısı. İzlemeye devam ediyor.

Ayrıntı 1- Topuklu ayakkabının ucu açıktı. Parmaklar görülebiliyor.

Ayrıntı 2 – Topuğun boyu göz hesabı 7 – 8 santim.

Ayrıntı – 3- Görülen parmaklarda oje rengi bordo.

Ayrıntı – 4- Ayaklar, beyaz. Bembeyaz. Neredeyse saydam. Hani dalsan içine ya kıracaksın; ya kırılacaksın. Camdan ayak.

Timuçin, daha fazla dayanamıyor gibi bir cümle kurulamaz. Çünkü O, azla yetinmeyi de çokla sonsuz olmayı da biliyor. Çünkü O, insanın ve kadının ayaklarından doğduğunu biliyor. Çünkü, düşen düştü mü evvelinde ayaklarından çakılır toprağa. Çünkü kalkan, kalktı mı ayaklarından güç alıp başlar zıplamaya.

Öyleyse bir ayağı öpmek ıyyyy iğrenç değildir. Öfff gereksiz değildir. Daha güzel yerler yok mu canım değildir. Bir ayağı öpmek dip suların karadaki araştırması; fezadaki patlamaların yerküredeki sarsıntılarıdır. Bir ayağı öpmek, tabutta resim sanatı (Bkz: Çeşitli ojeler), bir ayağa sarılmak bambaşka bir ülkenin vatandaşı olmaktır. (Bkz: İtalya, haritada kocaman bir çizmeye benziyor.)

Kadın ve ayakları otobüsten iniyor.

Timuçin durur mu? Durur diyenler lütfen ellerini kaldırsın.

-8- Peşinde Peşin Fiyatına Peş Peşe

Elimizde ev hanımlarımızın ve öldükten sonra vampir olmayı planlayan ergenlerimizin seveceği türden bir hikaye yok maalesef. O nedenle bu kısmı takip edilenin mağduriyeti üzerinden değil; takip edenin gayet de pişkin sapkınlığından anlatacağız.

Timuçin, on beş adım geriden takip ediyor Ayla hanımı. Topuklu ayakkabıların asfaltı yakan tak tak sesleri, dünyanın tüm pencerelerini açıkta bırakarak bol elektrikli bir cereyan estiriyor. Görürsen üşürsün. Dokunursan pişersin. Güzellik budur. Galaksi sırf çirkinlikten oluşsaydı insanoğlu hepten mutlu olurdu.

Ayla Hanım, birkaç kere dönüp arkasına baksa da takipçisinin farkında değil. Sokaklar, Twitter'a ya da facebook'a benzemez – diye düşünüyor Timuçin. Simülasyon çemberlerinin daraltılmış içlemlerinde tahrik vardır; tatmin yoktur. Korku vardır. Panik yoktur. Soluk vardır. Soluk soluğa kalmak yoktur.

Hey hanımefendi ben sizin takipçinizim! – Diye bağırıyor Timuçin.

Kadın dönüp iki kere üst üste: Ne? Diyor.

Ben sizin takipçinizim. Sizi arkadaş olarak eklemek istiyorum.

Kadın, gırtlaktan bir 'hıh' çekip yoluna devam ediyor.

Timuçin, uçlarından kırpılmış hakikatin haylaz simülarkı olarak ısrarcı davranıyor. Adımlarını hızlandırıyor ve kadının yanından yürümeye başlıyor.

-Ben sana gelen bir mesajım. Fareni kutuya sürükle ve tıkla. Kırmızı işaret solacak ve önünde açılan bir parça metin olacağım. Okunaklı. Okunaklı ve dokunaklı...

Ayla Hanım buna gülmüyor ve depara kalkarak Timuçin'i rüzgarının kibir dolu cürufuna bırakıyor. Timuçin, kötü. Timuçin, üzgün. Timuçin, çöp kutusuna gönderilmiş virüslü bir ileti.

Ayla Hanım, apartmana girerken Timuçin kaldırımların ortasında yeni bir mesaj olarak yazılıyor. Sarsılarak kollarının titrediğini görüyoruz. Bir tür insan ve hücre odaklı zelzele... Ama hayır. Yeşil deve falan dönüşmeyecek kimse. Batman olup yarasaların karanlık anayasasını yürürlüğe sokmayacak.

Timuçin, en fazla kötü adam olabilir. Tamamen haksızken ya da ortada hak hukuk kelamlarının esameleri okunmazken kendini evrenin en haklı adamı ilan edebilir. Hollywood filmlerinde sıkça gördüğümüz üzere ailesinin intikamını almak isteyen kaslı Amerikalı, mahzene iner ve silahlarını sakladığı yerden çıkarır. Bol bol şarjör doldurur; tüfek patlatır. Ama biz Hollywood'da değiliz. Hollywood'a uçma mesafesinde bile değiliz.

Apartmanın adı Lale apartmanı... Bunu Timuçin içeri girerken görüyoruz. İçeride ödenmemiş faturaların kuru leşleri. Kirli bir paspasla mis bir yeri temizlemeye çalışmanın rezil emeği... Bastırılmış bir dedikodu tufanı... Kanamış çocuk dizlerinin oyunları sefalete dönüştüren canhıraş çığlıkları.

Birikmiş bir azot var burada.

Timuçin, atomu parçalamayı başarmış bir adamın dahiliğinde ve parçalanan atomdan bomba yapmayı akıl eden adamın enayiliğinde ikili ikili çıkıyor merdivenleri.

Birinci kata geldiğinde Matmazel Noralya'nın Koltuğu romanının bu apartmanda yazıldığını zannediyor. İkinci kata geldiğinde Noralya Hanım'ın koltuğunun bu eve taşınırken düşerek kırıldığını zannediyor. Üçüncü kata geldiğinde Matmazel Noralya'nın kendisi olabileceğinden şüpheleniyor.

Bir kadın ve bir kitap anca bu kadar karanlıktan ve apartman otomatlarından bağımsız olabilir.

Apartmanın ışıkları yanabilir. Her şey bir körebenin duvara tosladığı andaki kamaşmaya karışabilir.

Işıklar yandı. Ve kör ebe görüyorum, görüyorum doktor bey diye anırdı.

Ayakkabılar dışarıda bırakılmıştı.

Timuçin, ayakkabının tekini alıp uzun uzun kokladı.

Kıyamet, bir fermuardır. Koparsa, ölü doğduklarına inanmayan bebekler yeryüzüne fışkırır. Kopmazsa, içre akan bir zehir doğum adlı kerhaneyi kanlı bir nevrozla sulandırır.

Timuçin, ayakkabının içine boşalıyor. Tavandaki simsiyah sinekle kesişiyor sonrasında. Tanrım diyor! Timuçin tavandaki sineğe Tanrım diyor. Tanrım diyor Timuçin tavandaki sineğe!

Cehennemde ateşkes mümkün değil. Ama yanacaksa adamımız, sobalı bir cehennemde yansın en iyisi. O, her anlamda alaturka bir günahkâr.

Alaturka günahkâr... Cehenneme bir sel felaketi gibi gireceği güne doğru merdivenlerden birer birer iniyor.

-9- Yazıyor Yazıyor

Yazıyor yazıyor ayakkabı sapığı 'Timuçin'in (Soy adı yok; Nüfus Müdürlüğü'nde kaybedilmiş.) polis tarafından suçüstü yakalandığı yazıyor.

Tüm İstanbul'u paniğe sevk eden sapığın İstanbul'un güzide semti Nişantaşı'nda kıskıvrak enselendiği yazıyor.

Yazıyor yazıyor failin bu zamana kadar 44 çift ayakkabıya tecavüz ettiği yazıyor.

Suçlu pisliğin daha ilk sorguda yediği tüm haltları itiraf ettiği yazıyor.

Azıyor azıyor bu haberleri okuyan diğer tüm ayak sapıkları, 44 çift ayakkabı kelamını duyunca fena azıyor.

10. Ayak Faşizmi

Demek ayakkabılardan hoşlanıyorsun he! Al o zaman bunu! Orrrospu çocuğu.

Komiser Metin, iki gündür ayağında duran ayakkabıların tekini çıkarıp elleri arkadan kelepçeli Timuçin'in burnuna dayadığında, dünya artık hiçbir zaman eskisi gibi olamayacağını kanıtladı.

Koku gezegenine hoş geldiniz. Lütfen buraya ayak basmadan önce burunlarınızı çıkartınız.

Timuçin şöyle düşünüyor: Bu adam beni tanımıyor bile. İsmimi iki dakika önce öğrendi. Önceden bilmiyordu; sonra da bilmeyecek. Peki bu kızgınlık neden? Akademik bir sinir hastalığı; çağın kurbanlarını haksız müdahalenin sahte gramajıyla kazıklıyor.

Bu olmamalı ama oluyor. Ayakkabı, anti kahramanımızın yüzünü yüzüyle örtüyor. Tamamen, insanlık dışı kıyım...

Timuçin, bunu ona yaşattığı için burnundan nefret ediyor.

Ayakkabı, en katı diktatörün tahakkümperver boku gibi kokuyor.

Nefret söylemleri ve ırkçı tutumlar gibi kokuyor.

Pastaların içindeki hayvan iskeletleri gibi kokuyor.

Terlemiş bir mandanın koltuk altları gibi kokuyor.

Çok yanlış anlaşılmış bir cesedin pişmanlık akıtan salyaları gibi kokuyor.

Bitmiş bir aşkın ertesi sabahı gibi kokuyor.

Ölen bir annenin Azrail emziren korkunç memeleri gibi kokuyor.

Her şeye yeniden başlamak istiyor Timuçin bu rezil anların sonunda. Eğilemeyecek ve başkaldıramayacak kadar küçük olma halinden başlamak istiyor. Aşağılanmayacak kadar böcek olmak. Öyle ya, böcek değilseniz böcek muamelesi görürsünüz. Ama bir böcekseniz; kimse sizi göremez; dolayısıyla kimse sizi böcek muamelesi yapamaz.

Timuçin, karakoldan çıktığında bok gibi hissediyor ve tuvalet masrafından kurtuluyor.

Kendi ağzına sıçan bir göte sahip olmak... Hımm, ilginç diyor Timuçin. Ben anatomik bir hata, teknik bir arıza, asla çözüme kavuşturulmayacak bir lavabo tıkanıklığıyım.

11 – Mis Rutubet

Kendi evine uğramaktan korkmak... Hayalet korkusu mu bu? İnsan gördüğü halüsinasyona aşık olursa nikahını Frankenstein mi kıyar; Beter Böcek mi? Bu soru yersiz oldu. Devam edelim. Ama nereye kadar? Evler diyorduk. Hepsi hayaletli değil mi yahu? Şimdinin ölülerinin adımları korkutmuyor mu tavandaki yarı uykulu örümcek yuvalarını? Bunu kim inkar edebilir?

Bacaların dumanları zigzaglanıyor. Bu kadar çok ölü gömerseniz, toprak gökyüzüne doğru kusar işte. Yerler sarsılır. Dümenler kırılır. Delirmiş kaptanlar denizleri içmeye çalışırken boğulur. Ve bir tablo illa ki yerinden oynar. Klişedir elbet. Yaşamanın tam ortasında geberip gitmek de öyle. Ve en büyük klişe; bu söylediklerimizin tekrarında... Zaman döngüsel bir ivmedeyse yaşamak, gol atan kaleye oynamaktır. Ne diyelim? Çölde yerden yüksek oynamaktan bir kıt öndeyiz.

Timuçin'in üçüncü gözü mü açıldı yoksa? Ya da daha fenası... Gözsüzlük, onda canlanan... O kadar hiç görüyor ki; yeni bir kapı aralanıyor. Uzakdoğu'dan daha uzak bir doğuda; serpiştirilmiş miktarların arkasındaki depoyu görüyor. Yaşamın simgesi; taze sıkılmış portakal suyu. Ölümün simgesi; hareket eden ceset... Mobil internet gibi hani...

Sonuç olarak gidip geliş ile ilgili... Sonuçta tüm var oluşumuz öteki taraflara gitmek için pasaport ve vize çıkartmaya çalışmakla geçiyor. Sırıtkan fotoğrafların arasında zıp zıp zıplayan heyulalar var. Gidiş geliş... Bir gondola binmek ve kıçlarımızı yıldızlara yakın hissetmek... Gidiş – geliş... Düzüşmek... Oynar başlıklı iskeletlere mezarlarında 'durmayı' öğretmek için defalarca antrenman yaptırmak.

Nitekim kendi evine girmeye korkmak. Çünkü amına kodumunun umacıları her yerde ve hayalet avcıları 80lerde kaldı. Timuçin'in elinde sadece kıllı parmakları var ve onlarla ölü bir köpeği bile avlayamazsın.

Ama dışarısı da soğuk... Her zaman olduğu gibi yine maddi gerçek; fanteziyi yendi. Timuçin, anahtarı kapının giriş riskine yerleştirdi. Ev, kadın parfümü ve boklu şüphe kokuyor. Salonun geniş perspektifinde sancılı bir bekleyişin uzatılmış özetleri. Timuçin, siyah çoraplarıyla evin tabanında kalıcı gölgeler bırakarak kanepeye sinsi sinsi adımlıyor. Ortalık sessiz. Gece, bıkmış ihtiyarın kalp atışları hızında.

Ruhnaz gitmiş olmalı.

Yanlış yılda yanlış yılın arabasını piyasa sürmüş marka gibi. Bu zamana ait değil. Saat 12'i çeyrek geçeye ait değil. Bu evdeki takılı kalmış geceye ait değil.

Ama siktiminin salonuna ait ki Ruhnaz, birden beliriyor. Elinde deri bir kırbaç, deri çizmeler; simsiyah gecenin en siyah dişisi.

- Sen bugün yaramazlık yapmışsın! Doğru mu bakayım duyduklarım!
- Kimden duydun? Ne duydun?

- Kuşlarım söyledi.
- Kargalar mı? Kerkenezler mi?
- Seni buradan götürecek olan alıcı kuşlar canım benim!
- Hasiktir!
- Küfür, en büyük günahlardan biri!
- Ruhnaz, sen ölünce şeriatçı mı oldun?
- Hahaha!
- Neden gülüyorsun! Ölecek miyim?
- Sürüneceksin!
- Ne?
- Yat yere!

Kırbaç yerde iki kere patladı. Timuçin, itaatkar bir köle olarak eski sevgilisinin hayaletinin önünde; O'nun çizmelerini yalamaya başladı.

- Sen benim köpeğimsin! Tekrarla!
- Sen benim köpeğimsin.
- Hayır, gerizekalı. Kendin üzerinden tekrarla.
- Ben senin köpeğinim!
- Hayvan olmanın vahşi letafetindesin şimdi. Ellerin ayak oldu; ayakların pati. Artık ellerin yok! Kimse seni kelepçeleyemez. Kimse seni, ellerinden tutmayarak incitemez. Boktan vedalarda el sallayamazsın. Bilekler hep biraz incedir. Kalp kırıldığında, beyin büzüştüğünde, mide patlatığında en önce bilekler incinir. Ben seni 'elsiz' kıldım. Eğil önümde yaşayan fani! Ve havla! Havla! Havla ki dilsizliğin çıkardığı ses; cümlenin değil bilinmezin kelamı olsun. Havla ki

ölümden sonraki hayata değil; hayattan sonraki hayvana inanasın.

- Hav hav!
- Aferin sana çağın uslu köpeği! Ellerin yok olduktan sonra bileklerinden kopan bileziklerin şangırtısı bize özel tertip edilmiş kıyametin biricik senfonisi olacak. Beethoven sağırdı. Mozart deliydi. Ve sen köpeksin! Yala şimdi çizmeleri.

Çizmeler, güneşin altındaki kırık cam parçaları gibi parlıyor. Göz kamaştırıcı... Göt kamaştırıcı... Göl kamaştırıcı... Dalgalanan bir katı cisim; yerinde saysa da işte gözün, götün, gölün nazarında hareket ediyor. Çizmeler, yerde olmanın, hiç olmanın, böcekgillerde olmanın en deri simgesi. Erkek eğilsin! Kadın, ölü de olsa; diriliğe yüz tutmamış da olsa; ayakta kalıp ayaklarını öne uzatarak bir tür hayatta kalmanın frenlerini çeksin!

Çizmeler! Ipıslak. Ortada deniz yok; dere yok. Timuçin'inin dilindeki göl; bir dağın ağızda erimiş hali. Dağ titriyor; Ruhnaz titriyor.

Bağırış: Çizmelerimi çıkar!

İnleyiş: Hemen efendim!

Anırış: Çabuk ol!

Hıçkırış: Tabi efendim!

Sırıtış: Yala şimdi ayaklarımı!

Kırılış: Hasiktir efendim!

Evet, ne kötü... Ruhnaz'ın ayak parmakları yok. Ölüm onları muntazam bir şekilde kemirdi; Ruhnaz'ın günahları ayak parmaklarıyla birlikte gitti. Ruhnaz, bu sayede yeryüzüne sadist sahibe kılığında bir melek olarak indi.

Sıçıp batırmak Timuçin'in işi... Ve sonra çalışmayan bir telefonla temizlikçiyi çağırmak...

Kusuş: Timuçin'in gölünden Ruhnaz'ın ayaklarına...

Vuruş: Bunun için cezalandırılacaksın köpek!

Susuş...

12 – Kaos Yuvarlak Bir Müzik Aletidir

Tüm kapıları kapatın. Sessizlik istiyoruz. Ahşap oymalı bir sessizlik… Mümkünse elle tutulsun; dişe dokunsun. Purolar çiğnedik; petroller tükettik. Tek sanrılı bir dinden çıkıp sahte peygamberlerin lekelenişlerine tanıklık ettik.

Ah kutsal topraklar, abartılmak için büyüteçle bakılan yokluklar. Ve şiir! Ve biz Shakespeare'i tersine çevirdik! Saray dışı onlarca tiratla ana avrat düz gitmeleri aynı pansiyonlarda yatırdık. Kafamızda taç değil; boynuz… Boynumuzda pelerin değil; kenetli eller. Ayağımızda çizme değil; biçimsiz ısırık izleri… Bizi gören boşluğa ispiyonladı. Ki dağılalım ki yok yere; var yere; hiç yere; hiçbir yere varamayalım. Timuçin'i gören Charlie, fabrikasında çamur üretmeye başladı. Sessiz sinemadaki ilk rüzgar sesi biz olduk. Kayda geçsin. Elinden kaçırdığı balonları uzaya gitti sanan çocukları hakikatin kusmuğuyla biz ağlattık. Kayda geçsin. Klasik bir yöntem izleyip aşık olduk; sigaraya başladık; şiir yazdık ve kafayı yedik. Kayda geçsin. Yenecek kafa bitince gövdemizin üstüne plastik billboardlar ekledik. Kayıtları götünüze sokun.

Tüm pencereleri kırın. Timuçin, nefes alamıyor. Neyse ki yalnızlık çekme ihtimalini çoktan azalttı. En kötü; yanındaki sandalyeye oturur ve kendini bu şekilde çoğaltmaya bakar. Hem artık o bir hayvan. Bir tabureden tek farkı; hırlıyor olması. Tüm sözcüklerini satıp yerine içi boş, mavi, kirli, sabunsuz bir leğen satın aldı. Bir gün çocuğu olursa içinde yıkar artık. Güldürmeyin lan.

Timuçin bir kadının içine boşalsa; doğa doğa bir dişçi randevusu, bir recm sebebi, bir satılık hara ilanı doğar.

Abartmıyoruz. Kirpinin yavrusunu mızrağım benim diye sevdiğini kendi kaba kulaklarımızla duyduk. Boğazımıza termometreyi yerleştirenler; aynı dakika itfaiyeyi aradılar. Yalan mı? Geç kalan ambulansın her saniyesinde bir ayak parmağımızı kesmek zorunda kaldık. Varışlara varamamak; gidişlere gidememek; kalışlarda kalamamak adına topuklarımızın hacmini her defasında bilerek yanlış hesapladık.

Tüm özneleri cümlelerden çıkarın. Bildiğimizi üç kere daha tekrarlayacağız. Bir gün bir labirent bir farede kaybolduğunda; tüm peynirler özgür kalacak! Ülke ve vatan istemiyoruz. Bize ayakkabı ve tüketebileceğimiz kadar kraker verin yeter. Sutyenlere ve sütçülere inanmıyoruz. İneklere ve memelere tapılabilir. İzin veriyoruz. Ve iki kere daha tekrar ediyoruz. Bir gün uzayın tamamı bir Ufo'ya çarptığında dünya, en sümüklü çocuğun kaybettiği misket olacak. Tüm cümleleri, defterlerden çıkarın. Yeni bir Timuçin deniyoruz; 22.yüzyılda herkes zaten onun gibi olacak diye. Ve bir kere daha tekrarlıyoruz. Bir gün, bir adım bir giriş kapısında belirdiğinde; tüm deparlar durmaya doğru atılacak.

Timuçin, ceketini giyip kapıdan çıktı. Evrenin merkezine kulağını dayadığında duyabildiği tek ses derinlerden gelen bir osuruk sesiydi.

Hayal kırıklığı, marka giyinen bir hayalettir.

-13- Boka Basma İz Olur

Ruhnaz gitti. Bu kez diş fırçasını da alarak... Öteki tarafta sırf Colgate falan kullanıyor diye mutlu olan salak bir aile kurar belki kendisine. Burada diş etleri feci sızlamakta...

Timuçin, sabah sevgilisinin yokluğunu fark eder etmez 31 çekti. Islak yas... Yağmur duası... Gidenin arkasından su dökme prensibi. Boşalması 47 dakika sürdü adamımızın. Sonra 3 dakika 12 saniye süren acılı bir işeme seansı gerçekleşti. Çok zorluyordu pipisini. Sabah bir kadınla yatıyorsa; akşam o kadının anısıyla bir de mastürbasyon yapıyordu. Neden böyle yapıyordu? Akıllanmayacak mıydı bu pezevenk?

Radyoyu açtı. İsveç Kurtuluş Marşı çalıyordu. Var mıydı hakket böyle bir şey? Kimden kurtulmuştu İsveç halkı? Muhtemelen gezegenin en soğuk kışından...

Gıcır bir başlangıç gerekiyordu şimdi Timuçin'e. Polis, ayakkabı ve hayalet hışımlarından sonra boktan giden hayatına bir kanalizasyon gideri açmalıydı. Gidip pilotluk sınavlarına girebilirdi. Açık öğretimden kamu yönetimi okumak için başvuru yapabilirdi. İlkokulda haksız yere kulağından çeken öğretmeninin evini basıp onu kocasının gözü önünde iğfal edebilirdi.

Sonuç olarak teyzesini ziyaret etmeye karar verdi. Hayatı boyunca sadece kırk beş dakika çalışmış bir yurttaş olarak Timuçin, geçimini el öperek ve akraba götü yalayarak sağlıyordu.

Teyzesi onu histeriğe çok yakın semptomlara sahip gözyaşlarıyla karşıladı.

- Ah evladım! Başımıza gelenleri bir bilsen.
- Hayır olsun teyzeciğim.
- Hayır hayır.

İki hayır birbirine götürdüğüne göre geriye bir evet; yani hayırlı bir şey kalıyordu demek.

Sordu, anlattılar.

-Biliyorsun, bizim kızın doğuştan bir kalp sorunu var. Onca doktora, hocaya gittik. Bana mısın demedi. Peki geçen hafta ne oldu!

- Ne oldu benim bal gözlü teyzeciğim?

- Kızım, uyanmış sabahın köründe eniştenle yanımıza geldi. Yüzünde bir pembelik, bir pembelik... İçi gülüyor kızın.

- Siz harika bir betimleyicisiniz teyzeciğim.

- Anne beni ameliyat ettiler deyip duruyor. Dedikçe gülüyor. Ben uyku sersemi... Enişten homurdanıp duruyor. Kızım diyorum, gel uyuyalım. Bırak şimdi ameliyat mameliyat. Anlamıyorum ki.

- Ben de anlamıyorum dişi Balzac teyzeciğim.

- Neyse o oldu bu oldu derken kaldırdı beni yataktan deli kız. Enişten uyanmasın diye geçtik mutfağa. He şimdi söyle kızım dedim. Anne beni melekler ameliyat etti dedi.

Hasbinallah dedim. Kalbim düzeldi anneciğim. Melekler gece beni ameliyat etti dedi.

- Allah Allah... Tanrı Tanrı... Zeus Zeus...

- Sıyırdım fanilasını! Bak şimdi söylerken bile ellerim titriyor. Bir de ne göreyim! Canım kızımın göğsünde dikiş izleri. Hemen eniştemi uyandırıp bir taksiye bindik. Doğru hastaneye. Doktorlar inceledi. Çok başarılı bir ameliyat geçirmiş. Kızınız tamamen iyileşmiş durumda dediler. Ya böyle işte Timuçinciğim! Kızımı, ilahi güçler, tılsımlı nurlar kurtardı.

Timuçin, en son 'arabalar için dıpdıslı kaset gelmiştir' ilanını gördüğünde bu denli şaşırmıştı. Demek küçük yeğenine ruhani birtakım güçler yardım etmişti. Önce bu durumu inanası gelmedi. Sonra vay be dedi; ne metafizik dümenler bunlar. Sonra hiddetlendi. Sonra kıskandı. Neden O'na değil de o sümüklü yeğenine yardım edildi?

Hadi oradan! Beyin ameliyatının ortasında uyanıyorsun ve herkes sana salağa bak diyor. Beynin dışarıda, sen masada; herkesin işaret parmağı yerinde; sen işaret parmaklarının hedefinde... Vaktinden önce uyandırılmış bir herif; vaktinden sonra gebertilmiş bir heriften her zaman daha şanssızdır. Bakınız: Timuçin, horozu uyandıran çalar saatten; sabahın kızılötesi ışınlarını kıskanıyor. Hiç uyumamışa gelen sabahla hiç uyanmamış olana giden gece arasındaki berbat akşamüstünde evine doğru yollanıyor.

Kurtarılmış olan herkesten nefret ediyordu Timuçin. Acı çekme lüksünden alıkonulmaktan ve bunu zafer sanmaktan. Zafer isimli her erkek çirkindi lan bir kere; kendisi nasıl güzel olsundu. Küçük kızın hayatı kurtulmuş! Başına piyano düşmeyeceği ne malum! Bir hayatın kurtarılması için önce başka bir hayattan kurtarmak gerek onu. Yani. Yani demem o ki o meleklere birkaç çift lafım olacak! Neden? Neden bana eski sevgili hayaleti gönderen göküstü kılavuzları; baş ağrıma bile çare bulamazken ona buna mucize dağıtıyor!

Ayıptır!

Timuçin ki hep peygamber olmak istemiş bir zattı. Küçükken anasından dinlediği evliyalık, ermişlik, peygamberlik hikayeleri onu, ondan almıştı. Ne var ki büyüyüp tercih yapacak kıvama gelince hiçbir üniversitenin peygamberlik alanında bölüm açmadığını acıyla anlamıştı.

Şiirin ve peygamberliğin okulu yoktu. Timuçin bunu şiir yazamayarak ve kötü bir insan olarak yeteri kadar kanıtlamıştı.

Ne de kafiyeli oldu buralar böyle. Timuçin, rüyasında Tanrı'yla buluşmak için uyumaya yattığında birkaç saniye içerisinde bir uzay aracının alarmı gibi horlamaya başladı.

-14- Cehennemde Kar Yağıyor Benim İçime Yağmur

Neden bu kadar soğuk olduğunu Tanrı bilir. Fakat kendisi de ortalıkta yok.

Timuçin yanına bere, atkı, eldiven almadığına sayıp söverek cehennemin ana caddesinde yürümeye başlıyor. Tepesinde beyaz beyaz tüysü cisimler uçuşuyor. Kar olsa gerek. Mikail, boş vakitlerinde yağış biçimlerine burada çalışıyor olsa gerek.

- Kar değil o. Yananların külleri.

Karşısında bir cüce... Yeşil şapkalı, çirkin burunlu, yüzü sivilce içinde...

- Sen de kimsin?
- Ben bu ana caddenin trafik şefiyim.
- Burası cadde mi?
- Evet.
- Cehennemin caddesi mi olurmuş hiç?
- Bazen o kadar çok günahkar gelir ki; arabalarla taşımak zorunda kalırlar.
- Demek gerçekmiş .
- Ne sanıyordun?
- Cehennem, Bizans zindanlarından farksızmış.
- Burası çarşısı sayılır. Son bir de kenar mahallelerini görsen.
- Aslında ben Tanrı ile görüşmek istiyordum.
- Onunla görüşmek için cehenneme mi geldin? Gizli hakaret mi bu?
- Hayır. Hayır. Öyle denk geldi.

- Ayrıca O her yerdedir.
- O her yerdedir.
- Ne soracaksın bakalım kendisine?
- Şeyy aslında biraz özel.

Dütt. Dütt! 2 araba peş peşe geliyor. 2 Şahin marka beyaz araba... İçinde hıncahınç insanlar. Cüce, düdüğünü öttürüyor ve dur işareti yapıyor.

- Bunların günahı ne?
- Hiç kitap okumamak... Bu yüzden uzun bir süre boyun ağrısı ve uykusuzluk çekecekler.
- 5. Kata götürün!

Götürülüyorlar. Kalıyorum. Cüce ile kesişiyoruz. Bir süre düşündükten sonra kararını veriyor:

- Seni Malik ile görüştüreyim en iyisi.
- Pekala.
- Buradan asansöre binebilirsin. En alt kata ineceksin.
- En alt kata mı?
- Korkma orada sadece reklamcılar ve başbakanlar var.
- Yardımcı olduğunuz için teşekkür ediyorum.

Asansör cızbız köfte kokuyor. Piknik havası içerisinde cehennemin dibine iniyorum. Yangınla biten piknikler, pek romantik olsa gerek.

Karşıma gözlüklü, fularlı, modernizmin fitili kıvamında iki hatun çıkıyor. Giyinikler ve fazla bronzlaşmış gibiler. Bir kömür için bu sorun olmasa gerek.

- Merhaba hanımefendiler. Malik ile görüşecektim ben.
- O şimdi yemek arasında.
- Bekleyeyim öyleyse.
- Sen nasıl düştün buraya? (Burada da soruluyor demek.)
- Ben düşmedim. İndim.
- İnmek ile düşmek arasındaki adım; atlayış adımıdır. Uçurum, ayakları kokan huysuz bir ihtiyardır.
- Siz sanırım filozofsunuz.
- Her günahkar kadar.
- Siz neden düştünüz peki buraya?
- Bir reklam kampanyası işine bulaştık ondan.
- Nasıl oldu ki o?
- Sutyenin yanında göğüs sattık.
- Dondurmanın yanında penis satmaya çalıştık.
- Arabanın yanında Tanrı satmaya çalıştık.
- Ve şimdi cehennemin yanında ne satıyorsunuz?
- Sadece kendimizi…
- Yanmak, canınızı acıtıyor olmalı.
- Sadece, insanın bünyesinde olması gereken acı miktarını dengelemeye çalışıyoruz.
- Ruh da kararır mı? Bunu araştırmak gerek.
- Karşında vücut yok. O birinin tarlasında kaldı.
- Ah hoşnut edici metafizik… Tanrı olmasaydı onu icat etmemiz gerekirdi demiş biri.

- Voltaire bir üst katta hemen.

Cehennem işleyişi son derece basit... Burası o kadar soğuk ve siz o kadar üşüyorsunuz ki ateşe tapmak zorunda kalıyorsunuz. İlk çağ yeniden başlıyor; ay tepede; görünmeyen bir yaratıcı olarak yükseliyor ve siz seve seve acı çekiyorsunuz. Ah ruhun gövdesini yakan haşarı alevler... Malik, bir kadının kasıklarından yeni çıkmış kıpkırmızı bir suratla geliyor.

- Senin için Tanrı ile görüştüm.
- Nasıl olur?
- Biz burada her şeyi biliriz küçük bey.
- Kuantum fiziğinin bir yerde çözülmüş olması güzel.
- Espri yapma. Kahkaha, buraya yağmur yağdırabilir.
- Peki ne diyor benim için büyük yaratıcı?
- Önce küçük yeğenini kıskandığın için sana 'salak' dedi.
- Haklı olabilir. Başka?
- Sonra gülümsedi ve on üç tane daha Timuçin yaratıp yeryüzüne saldı.
- On üç uğursuz rakam. Şaşırmadım. Başka başka?
- Bir de sana beş emir verdi.
- Beş mi? O kadarcık mı?
- Ne sandın?
- Musa kadar kutsal değilim yani.
- Evet.
- Cehenneme hakaret davası açarsan hep hep hep hep kaybedersin.

- Sayıklama. Emirleri al ve git buradan.
- Söyleyiniz.

    1- Öldüreceksin.
    2- Zina edeceksin.
    3- Çalacaksın.
    4- Babana ve anana hürmet etmeyeceksin.
    5- Komşunun karısına, yahut kölesine, yahut cariyesine, yahut eşeğine, yahut öküzüne, yahut komşunun her şeyine tamah edeceksin.

- Son ikisi kolaymış.

Kötülük, cehennemi hak ediş olarak içime ve kalbime sinmişti. Ben ki üretilmiş bir ters ikondum; öyleyse anamın vajinasından imamın tahtalı otomobiline kadar kötülüğün ne kadar kötü olabileceğini de araştırabilirdim.

Bilim adamları için de ayrılmıştı elbette cehennemde bir kat. Ruhların haşin çığlığı, vücudumu dev bir kafa; kafamı da iyi etmişti. Bağırın ulan, sabahlar olmasın!

Asansöre bindim. Dünyaya yaz yaklaşırken; cehennemde eriyen bir kardan adam tekrar ve tekrar ve tekrar inşa edilmek inşa edilmek üzereydi.

-15- İt

Ve Timuçin köpek olmaya karar verdi. İt is a Timuçin! Haha.

İlk denemede de başarılı oldu hani. Bir anda dört ayak üstüne geçti ve mutfağa kadar o şekilde gitti. Kendini hiç büyümemiş; hep emeklemek zorunda kalmış bir kasık biti olarak görmüyor muydu zaten uzun zamandır? Bir de buna köpek olmak eklenince keyiflere diyecek yoktu.

İkinci denemede giderek yükselen anırtılarla havladı, havladı, havladı. Boğazı, hayvanlığın harada elmas gibi kokan kirli parıltısıyla paklandı. Yerde olmanın sonsuzluğun ucuyla törpülenmiş saadeti... Japonlar yerde oturur, yerde yatarmış; bunun adı huzurmuş. Yetmez. Yerlerde sürüklenmeli. Boynundaki tasmanın zinciri senin elinde olduğu sürece, kıyasıya sürüklenmeli.

Toprak bir tek yağmurdan sonra kokmaz çünkü. Köpekler işedi mi de kokar. Öyle bir kokar ki, tabiatın acı yüzüyle aynasız, aynısız rastlaşırsın. Ve bu aynısızlık farkı olmanın de zıttıdır. Üçüncü bir seçenek... Ne eşitsin artık kendinle; ne de farkı hacimlerde tartılırsın diğer insanlarla. Yerdc olmak göğün yedi katını anlamaktır. İddia ediyorum; insanoğlu, tek sürüngen hayvandır.

Timuçin, ertesi gün gitti pamuk ve aseton kokan bir markete. Kendine tam yedi tane köpek maması aldı. 3'ü tavuklu, 4'ü sığır etli...

Bir saat sonra tavuklusundan bir tane yedi ve tavuk gibi gıdaklayarak kustu Timuçin. Midesi, kilo sorunu olan bir uçağın kara kutusu olup karardı iyice. Hey dedi mutfağın parıldayan fayanslarına baka baka: Hey, bu köpekler için bile iğrenç! Diğer konserveleri çöpe yuvarlayıp kendine sandviç hazırladı. Köpek olmak, kuşkusuz midevi değil ruhani bir eylemdi. Jack London, beyaz diş ve vahşetin çağrısı ve tanrılar ve köpekler romanlarını yazmış ve morfini çekip corlamıştı işte. Dayanamamıştı köpekleri konuşturmaya. Oysa köpekler konuşmaz; konuşamaz. Jack London, romanları üzerinden köpekleşmek istemiş ama insanoğlunun illaki dil kullanalım gevezeliğini geçememişti. Köpekler konuşamaz, muhabbet kuşları sayıklar, papağanlar tekrarlardı. Jack London ile Timuçin arasında hayvanlar aleminin kafesler arkasından seçilebilen kıllı uzaklığı vardı. Jack London kırk yaşında göç edecek kadar bedbindi; Timuçin şu an kaç yaşında olduğunu hatırlayamayacak kadar köpekti.

Mutlaka köpek olmalıyım dedi Timuçin. İşleyeceğim günahları hak eden bir insanoğlu yok karşımda.

-16- Her Emekleyen Bebek, Dört Ayaklı Köpek

Ingaaa... Aguuuu... Hav hav... İşte var olmanın dayanılmaz hayvanlığı... Hocam buradan soracak mısınız diye sorduğunda yaratıcıya; sana sadece sesler verecek bundan sonra.

Ingaaa... Bebekler hemen hemen her istediklerini dile getirmek için ağlamak zorundadır. Göbek kordonunu kes ve dinmeyecek paniği başlat.

Aguuu... Bebekler, gülümsediğinde ödüllendirilir. Al sana çikolata, al sana emzik, al sana meme. Yağmalanmış bir mandıradır artık galaksi. Süt ve süt ürünleri... Sürt ve sürtünme kuvvetleri. Göbeğini kaşı ve susturulmayacak kaosa omuz at.

Hav hav... Köpekler, eğik pozisyondaysa her zaman – ki öyle – asla eğilmiyorlar demektir bu. Asıl köle kim? Asıl eğilen ve itaat eden kim? Hav hav... Elde kalan dil bilgisi bu. Göbeğini toprağa sarkıt ve kendine bir köpek alma. Kendinden köpeklere; köpekliğinden kendine; tüm kendilerden tüm köpeklere bir bambaşkalıklar sesi kat.

Timuçinnnnnnnn... Bir ad değil bir ses artık. Aynalar kırık, mozaikler dağınık. Kişilik mitoz bölünüyor ve Persona kadar iyi filmler çekemiyor tabiat. Aykırı tabiatıma denk; tabiatıma aykırı olan her dayanak... Beni iki ayaklı özneler öldüremez artık. En kötü tutar bir belediye zehirler. Pis tohumlu veletler benimle alay eder. Sevişen çiftler beni kapı önlerinde bırakır. Kavga eden çiftler huzuru tüylerimde bulur.

Timuçin, bir ad değil bir ses artık. Onu, öyle çağırın.

Kapıdan dört ayaküstünde çıkmak radikal bir seçim benim için. Tamam bahçeli bir evde değilmişim; köpek olarak bunu fark ediyorum ilkin. Hatta 5 katlı bir apartmanın 4. Katındaymışım. Ne iyi! Bir gün atlamak istersen, düşeceğin yerin senden çok uzak olması ne iyi.

Apartman yeni paspaslanmış. Mis gibi deterjan kokuyor. 3. Kata kimseye rastlamadan iniyorum. Burnum çok seri... Bütün kokular kapkara bir gökkuşağının demir halkaları. X dairesinden Bay Muhittin'in dört günlük çorap kokuları. Y dairesinden bayan matematikçinin tebeşir, boyun teri ve disiplin kokan yoğun fesleğen kokuları. Z dairesinden kafayı Epikur'a takmış toy bir filozofun yapış yapış pişmiş beyin kokuları.

Burnumu yeryüzünün beton döşemesine yaslaya yaslaya ilerledim. Gözüm, göreceğim yok. O nedenle ki hademe teyzenin eteklerine çarpıyorum.

- Yavrum sana ne oldu?
- Yol ver geçem teyzem.
- Kalksana ayağa evladım.
- Kalkamam. Kalkamam!
- Niçin güzel evladım?
- Güzel mi?
- Lafın gelişi dedim. Hadi kalk bakayım. Koca adam yakışıyor mu hiç?

Huzursuz oluyorum. Hademe teyzenin eteğini yırttığım gibi ikinci kata doğru emekliyorum. Her kat tuzaklarla dolu olan bir Half Life oyunu ve ben hepi topu Süper Mario oynamış biriyim. Birinin beni yönettiği bilinciyle; tüm insanları beni kontrol eden joystick'in kablosunu prizden çıkartabilecek tuzaklar olarak görüyorum. Korkuyorum.

İkinci katta okul önlüklü bir kız çocuğu başımı okşuyor. Adın ne senin sevimli köpek diye soruyor. Doğam gereği cevap vermiyorum. Tatlı tatlı hırlıyorum.

Çocukların hayal gücünü kullanırsak; gerçeklik bizi en uç şekilden şekilsizliğe kadar yüceltebilir. Şairin dediği gibi: Neden olmasın?

Amacım kahve ve çikolata almak ve markete ulaşmama son bir kat kaldı. Apartmanın giriş katında köpeğin tekiyle karşılaşıyorum. Tasmalı, sahipli bir Golden bu… Bir süre kesişip koklaşmaya başlıyoruz. Koca siyah burnunda bu zamana kadar tadını aldığı tüm hazların, tüm acıların kırıntılarını seçiyorum. Telepati yoluyla ona soruyorum:

- Sahibin nerede kız?

Anlamamış olacak ki yanıt olarak bana kıçını dönüyor. Kıçını da kokluyorum. Aşk hususunda agnostik olmasaydım bir şansımı denerdim bununla. Bir de tabi dişi olsaydı.

Apartmanın merdivenlerinden toza ve meraka ve şehrin pansumansız yarasına bulanarak iniyorum. Sokak irin ve iştah kokuyor. Bir yerde dev bir inşaat gürültüsü… Bağırışlar… Taksilerin sarı kornaları… Yırtılmış bol mecazlı bir pankart gibi kalbimde çalışmayan bir iş makinesi ayarınca küflü bir sancı... Ne oldum demeyeceğin; nasıl bir hayvan olmalıyım diyeceğin! İşte o kadar.

Markete önce ön ayaklarım; sonra arka; sonra evrimin kayıp halkasında kopmuş gitmiş kuyruğum giriyor. Bıyıklı bir amca; bilgisayarın başında kart oyunu oynuyor. Ekrandaki yeşil, köpek gözlerimi sulandırıyor.

Amca beni görür görmez kahkahayı basıyor. Bir gaz, bir fren, bir baskın gibi...

- Buyur yeğenim.

Rafların arasında emekleyerek burnumla önce çikolataları işaret ediyorum. Amca, yanıma gelip eliyle bu mu, bu mu diye sorup duruyor. Evet, evet o. Antep fıstıklı olan. Sonra sade kahveyi de aynı şekilde alıyorum.

- Kamera şakası mı bu?

Ah medya! Ah medyanın zihnin amına koyan çelik çomak oyunları! Serbestçe çıldırma hakkımızı bile magazin bültenlerinin gündemine sokan, onu pembeleştiren, onu tatlılaştıran, mahkumu mazluma, katili günahkara, sapkını gol kaçıran forvet oyuncusuna döndüren Televole parçacıkları!

Kameraya el sallayın! Sunucuya el sallayın! Trene el sallayın. Giden sizde kalan tek benliğin, sizden götürülen son parçasıdır.

Boynuma geçirilen iple kapıdan çıkıyorum. Gezegenin mis gibi pas kokusu... Hafif yağmur şıpırtıları... Küvette intihar edenler için sesli bir ilkyardım tedavisi. İnsanken not bile alamayan ben köpek olarak ilk şiirimi sokağın ışıksız yamacına bırakıyorum:

Karanlık her yanı sarmıştı
Geceyle bir akşamüstü yüzleştim

Fena değil. En azından beni eve döndürecek kadar. Ama hayır. Ama hasiktir. Ama fuck of! İngilizce konuşmaya başlayan Timuçin köpeği; dünyanın en tehlikeli örgütüyle karşılaşıyor.

Bu örgütün adı Mahallenin Gençleri... Minimum 3, maksimum 15 kişi dolaşan silahsız tetikçiler bileşeni... Tamamen erkek... Tavuk döner ve patates kızartmasıyla beslenen sivil askerler timi... Tezatlıkların başkentinde kadınları öpmek için değil; erkekleri etkilemek için vücut geliştiren body shop mankenleri...

Politik görüşleri: Erkek erkeğe şakalaşmanın ülke ekonomisine tensel katkıları...

Dini görüşleri: Deist... Kadın diye bir şey yok; ama kalça diye bir şey var abi.

Teknik destekleri: Küçükken sapan; büyükken çekirdek kabukları... Şöyle ki ağızda iyice ıslatılıp surata atılacak şekilde. Yerine göre bıçak ya da kurusıkı... Tekme, yumruk, tokat, enseye şaplak, göte parmak... Kuma yatırma, kirece bulama, çamura batırma...

Götüme yediğim tekme canımı o kadar acıttı ki; kendimi kötü adamlarca kaçırılmış Lassie gibi hissettim. Kibardım; kırıldım. Nar tanesiydim; dağıldım. Apartman çocuğuydum; varoşa salındım.

- Napıyorsun lan yavşak?
- Mahallenin yeni delisi mi bu?
- Tipe bak tipe!

Tüm galaksi kendisinden başka herkesi deli addeden delilerden tecelli etmiş bir tımarhaneyse; bulunduğunuz yer sadece deli gömleği diken terzilerin el hünerlerinde şekillendiyse; içinde taşıdığınız özneyi yine salt kendi deliliğinizle koruyabilirsiniz demektir. Yanlış yoktur. Yamuk vardır. Şiddet yoktur. Terör vardır. Kıyamet, kıymalı et, kanlı akıbet... Sonra şiirine kafiye ararken kıçında tekme patlar... Yeteneği öldüren beceriksiz marifet!

Ve aşağılanmak! Yeraltından notları; varsıl kıçların fosforlu kirinde okumaya çalışmak.

Ve aşağılanmak! Hey gidinin bir imza için ömürler beklettiren birinci derenceden memurları! Gün gelir, sizin de üstünüzü o bitmez mürekkeplerle karalarız! Diyeceğim de siz o gelen günü de bir ömür beklettirirsiniz. Sizi gidi, altın hokkalı devletin erkek orospuları!

Ve aşağılanmak! Öpüşmesiz bir pornoda safi dudaktan oluşmak! Dilini sokacak bir sözcük; sözcüğünü sokacak bir cümle bulamamak!

Ve aşağılanmak! Otların arasında uzattığın burnunla bulunacağın yeri değil; kaybolduğun yeri aramak!

Ve aşağılanmak! Göğün sınırı var; yerin sınırı yok! Ne kadar düşersen düş; yine toprak yine toprak!

Timuçin, eve bir köpek olarak, dayak yemiş bir köpek olarak; tüm köpekliği anlamış bir köpek olarak dönüyor!

Bir kere haksızlığa uğramış olanın bundan sonraki tüm haksız işlerinde bir hakkaniyetin kıvılcımını aramak... Elbette ki doğru... Elleri o kadar çok kesildi ki dört ayaklı olmak zorunda kaldı. Kalbi o kadar çok kırıldı ki; göğüs kafesindeki saatin alarmları hep bilerek yanlış sabahlara ayarlandı. Ve kılıcını karnına saplayan çizgi – film kahramanı 'güç bende değil artık' diye anırması...

İnsan! Ah insan! Günaha layık olamayacak kadar günahkar! Ve ben! Ve köpek! Ve son ses! Hav hav!

-17- Birinci Emir: Öldüreceksin

Pazardayım. Serbest piyasanın en temel mikro alanı... Kesmece bunlar kesmece... Giyotin başında gövdesiyle helalleşmek üzere olan kafalar. Ve pazardaki karpuzlar. Adalet ve ceza hukukuyla desteklenmiş pazar ekonomisi. Seçmece bunlar seçmece... Esir pazarında satılmak üzere bekletilen kadın – erkek – çocuk fahişeler. Ve pazardaki donlar – sutyenler. Ticaretin hep yanlışı ölçen T cetvelinde binaların yıkımlarını çizen mimarlar.

Timuçin, hayatı boyunca bir kez annesinin elini bıraktı. Bir kez kayboldu. Pazardaydı. Seslerin ve çürük ve taze ve hormonlu ve içi boş meyvelerin uğultusunda tanımadığı binlerce insanın arasında kalakaldı. Daha 8 yaşındaydı. O dönem padişah olsa; adına para değil bonibon bastıracak kadar kızancıktı. Ve annesi yoktu. Ve dünyanın özneleri dev tartıların, para üstlerinin, pazarcı önlüklerinin, bağırışların, sıkı pazarlıkların gölgelerinde başkalaşmanın ziftine bürünmüştüler.

Timuçin'in bir anda büyüyen 8 yıllık içi, içinden içlenivermişti: Ben sekiz kolu birden alçıya alınmış bir ahtapotum şu an! Ve hasiktir. Karadayım!

Uğultular yükselmiş; Timuçin bir daha asla eve dönemeyeceğini zannetmişti. Hep bu Pazar denilen büyük kıyma makinesinin ağzı kocaman açılmış testereli dişlerinde kalacağım. Eve dönememek hissi... Sanayi devrimi ve makineleşme manyaklığı ve teknoloji ve paslanmaz çelik tavalar ve sanal bebekle başlayıp aşçı robotlara kadar giden parlak bilim hepimizi sokağa bırakmadı mı? Söyleyin yahu: Gün geceye döndükten sonra ortalığı süpüren çöpçüler pazarı mı temizliyor günümüz mekanizmasını mı?

Timuçin ağlaya sızlaya saatler sonra kavuşmuştu annesine. Ve şimdi yine Pazar yine annesizlik... Ve kavuşma ihtimali sıfır.

Kahramanımız, burayı adından dolayı seçmişti biraz da. Pazartesi pazarı... Sonranın öncesi... Sonrasızlığın öncesizliği... Yarının dünü. Olmakta olanın olmuşu... Patlamayı daha üretilmeden yaşatan bomba... Karısını daha evin inşaatı bitmeden hizmetçisiyle aldatan koca... Yıkımını, aspirin üreterek atlatacağını zanneden zavallı çağ. Pazartesi pazarı. Yarın randevulaştık. Bugün buluşalım. Dün ben seni ekeceğim.

Fötr şapkalı bir adamı takibe alıyor. Top sakallı. Sol kulağında bir küpe. Hani şu yazar tipli adamlardan biri. Kitaplarında yoksulları anlatır; halka inmek için pazardan alışveriş yapar bu tipler. Ama akşam oldu mu da malikânesinin çift kat çelikten kapılarını tıngırdatırlar. Parfümü bile değişik. Kuru ihtişamı, pazarı bol avizeli salona döndürebilir. Ve pek tabi orta sınıfın temsili olarak hafif göbek... Avamın kemiklerinden; asrinin yağlarından oluşmuş 3 ortalı harita metot bir yurttaş!

Timuçin, yazarı domates seçerken, patates tarttırırken, önünü tıkayan pazar arabalarına küfrederken izliyor. Nihayetinde pazarın çıkışına doğru parmağını adamın beline dayıyor.

- Ölmek istemiyorsan dediklerimi yap.

Adam, parmağı silah zannediyor. Profesyonel bir yanılgı... Bir süre önden arkadan küçük bir konvoy halinde yürüyorlar. Timuçin, metruk bir apartman dairesi bulup adamı içeri ittiriyor. Duvara daya beni. Duvara dayıyor. Parmağını hızlıca ceketinin arkasına götürüp silahın varmış gibi beline sokuştur. Yapılıyor. Ellerini boğazıma götür. Sık sık sık. Tamam korku, başarılmış bir figür şimdi.

- Mesleğin nedir?
- Yazarım. Roman yazarım.
- Doğru tahmin etmişim.
- Yanılman imkansızdı zaten.
- Neden?
- Seni ben yazıyorum çünkü.
- Birazdan boynunu kırdığımda roman bitecek demek.
- Hayvan herif Haha!
- Ne dedin!
- Hayvan herif!
- Hayvan değil köpeğim ben.
- Farkı var mı?
- Nispeten.
- Gülünçsün. Yazmakta olduğum gibi.
- Adın ne lan senin?
- Aytaç.
- Tam adın.
- Aytaç Ars.
- Tam yavşak ismi...

- Doğrudur…
- Sessizlik. Ne oluyor yahu? Yazar ile karakter Pazartesi pazarında karşılaşırsa kitapçılar zarar etmez mi? Ayraç ile ayrılmış sayfaların bitiminde kuvvetli bir rüzgar esse, olay örgüsü mü dağılır; kelimeler mi?
- Sen kimsin ulan?

Ben kimim? Timuçin kim? Ve asıl önemlisi şu anda bu satırları okuyanlar kim? Ve bir de bu satırları okumayanlar… Siz sanırım yoksunuz.

Timuçin'in eli boğazımı dolduruyor. Nefesler sayılı ve kırılgan. Alıngan davranan bir hayat, kendinden hızla kaçarken bok çukuruna düşüyor. Nefesler sayılı… Uzaya gönderilmiş bir füze; fazlalıklarını kalkıştan birkaç dakika sonra bırakıyor. Fazlalık, insan hayatlarının kabuklarından oluşmuş birkaç materyal… Sadece kalkış için.

Neyi kaldırıyoruz her ölüşümüzde? Ters ereksiyon bu… Azrail'in orağı unutulmuş, bir doğumhanenin köşesinde.

Kabil, Habil'i öldürdüğünden beri böyle bu… Her kitap cinayetle biter. Bir şekilde, bir yerinden, bir tür ölüşle…

- Artık yeni bir dil denemek istemiyorum sayın Ars!
- Sen yeni bir dilsin Timuçin!
- Hayır ben insanım, özneyim, varım.
- Hayır, sen denenen bir dilsin. Seni birtakım manyakların tekerlemelerinden derledim.
- Öyleyse öl.

- Okuma – yazması olmayan mezarların alfabeleri aşkına! Öyleyse öleyim.

Ölüyorum. Bir Timuçin, bir katibi böyle öldürüyor işte. Boğazından sıkıp sözcüklerinden boğarak... Bundan sonra hikaye muhtemelen birinci tekil şahsın ağzından devam edecek.

Ben Aytaç Ars...

Ben Timuçin bilmem ne...

Birinci emir, birinci derece cinayetle son derece mis bir şekilde yerine getirildi.

-18- Notlar -1-

Yazarım öldü. Artık birinci tekil şahısım. Birinci türden yakınlaşmalar filmindeki uzaylıların kamerayı ellerine alıp kendi öykülerini kendileri çekmesi gibi.

Not tutmak, balık tutmaktan daha zormuş. Ki ben hayatımda hiç balık tutmadım. Elimde, ödev yapmadığım bir zamanda, ilk defa kalem. Merhaba, ben Timuçin... Önce konuşmayı, sonra okumayı, sonra yazmayı, sonra susmayı öğreniriz. Dil bilgisi zincirinin, zincirli kaza anında ilkyardım servisi. Susturulmayı hangi safhada öğreniriz?

Not -1- : Benim adım Timuçin. Yazarımı, kendi ellerimle – mi?- öldürerek ilk emri yerine getirdim. İçimde, maçın son dakikasında topu üst direkten dönen Tsubasa kederi...

-19- İkinci Emir: Zina Edeceksin

Seks! Epilepsi ve epilasyon… Ya da epilepsi krizinde epilasyon yapabilme mahareti… En büyük kim? Tabii ki en fazla terleyen… En mutlu kim? Düştüğü kuyudan en hızlı çıkan…

Seks yapmalıyım. Bir milyonuncu kez… Belki iki yüzüncü kadınla… Ne okuduğum kitapları, ne yattığım kadınları sayabildim. Ne tam entelektüel ne tam playboyum. Ve yaratıcımın nasibinden faydalanmam için bir kadınla yatmam gerek. İki yüz birinci kadın…

Yo hayır. Bir kadın değil. Bu sefer iki kadın… İki kadın birden… Biri beni doğuran kadının günümüz tenselinde vajinal karşılığı; biri beni büyüten kadının viral yayılması.

Öz ve üvey çarpışması… İki kadını üst üste çıplak yerleştir ve hangi vajinadan çıkıp hangi göğüslerde boğulacağına karar ver.

Çok yanlış bir saatte, çok yanmış bir saati tamir etmektir seks. Üreme ihtimali varken azalma yolunu seçmektir. Kanı ter yoluyla kaybetmektir. Shakespeare ile gürleyip Burroughs ile yenilmektir. İnce kristalin çıt diye kırılması. Bostanlardan çalınmış karpuzların yarı yolda düşürülüp yarılması… Her yazılışında mektubu yeniden icat etmektir. Fişi prize takılı olmayan bir telefonla Mars'taki akrabalarla görüşmektir.

- Anne ben nasıl dünyaya geldim?
- Seni leylekler getirdi yavrucuğum.

- Babam leylek mi sikti anneciğim?

Seks, masumiyetin gülünç bir şekilde yozlaşmasıdır. Boklarını sildiğin tuvalet kağıtlarıyla; sümüklerini ve göz yaşlarını sildiğin mendillere ek olarak döllerini yedirmektir. Maddenin, yeni sıvıyla haberleşmesi; öznenin yeni yüklemle devrilmesi... Düz beni! Düzeyim seni! Düzsünler bizi...

Seks, aşklı tabirle sevişme, İngiliz tabirle aşk yapma, amiyane tabirle sikiş, profesör tabiriyle sıvı değiş tokuşu; sosyolojik bir hengamedir. Kadın erkek eşitliğine gönülden bağlısındır, 69 pozisyonunda. Kadınlar üstündür elbet; zıplatılırken kucakta. Erkek adama laf yok abicim; lokum kalçalar ay tutulması gibi domaltıldığında.

Erkekler, cinselliği yedi saniyede bir düşünüyormuş. Ben buna katılmıyorum. Zira ben, saniyede iki defa bu eylemin izindeyim. Rüyalarım pornodur. En acıklı aşk hikayem, seks sonrası ya da öncesi gerçekleşmiştir. Uyanır uyanmaz, elim şeyime gider. Bir kadının önce gözüne, sonra gözünün içindeki şehvet miktarına bakarım.

'Düzüşmek dünyanın en önemli şeyi olmasaydı; Tekvin onunla başlamazdı' diyen yazar abinin bu cümlesinin her gün kafamın içinden birkaç kez okurum.

Bir kadının alnını öpmek ön sevişmedir. Bir kadının ellerini öpmek ön sevişmedir. Bir kadının çoraplarını giyişini izlemek ön sevişmedir. Bir kadına tavlada bilerek yenilmek ön sevişmedir. Bir kadını dansa kaldırmak, bir kadının sizi dansta reddetmesi, bir kadın ayakkabısının ayaklarınızı dansta un ufak etmesi ön sevişmedir. Adem, elma, Havva, yaradılış destanı ve kritik kovuluş ön sevişmedir. Asıl düzülüş doğumdan sonra başlar. Her anlamda.

İki kadın karşımda... Ben koltuktayım. Kollarım açık. Bacaklarım açık. Önümde eğilmiş bana tapınıyorlar. Dil tapınışı... Onlar köle; ben sahip... Hehe ne kadar pornografik, ne kadar komik. Canlanmış bir putum ben. Onlar, Funda ve Aylin... Tutulmuş fahişe değiller. Ya da belki fahişeler. Ücretlerini parayla değil vücudumun sıvılarıyla ödüyorum.

Aha boşaldım bile. Yeniden dirilmem 10 dakika kadar sürüyor. Öpüşüyorum onlarla. Dillerimiz, üçlü bir çikolata paketinin defalarca açılan mayhoş sesleriyle uğulduyor. İç içe geçmiş, kozmik uzay tabakalarıyız biz. Çarpıştıklarında yumuşayıp erimeye başlayan gezegenleriz. Kimse görmüyor bizi. Karanlıktayız. Karanlığın simyası şehvetin nükleeriyle parıldıyor. Bombanın sonrasında açılan çukurlara girip çıkıyorum. Tenler avuçlarımda eriyip kemikli topraklara dönüşüyor. Mis gibi kaya, mis gibi ten hapı, mis gibi çağlayan kokuyor. Birbirimizi, götlerinden sıkıp teselli eden sefilleriz biz. Öleceğini bilen kanserli öldüreceğini bilen seri katilin arasındaki kesişimde yerlere dökülen kurşun atıklarını yalayan ucubeleriz. Götlerimiz kızarıyor. Üreme organlarımız, karlı havada kapatılmış okul binaları. Soğuk, buruşuk ve nispeten neşeli... Onları üst üste koyuyorum. Pürüzsüz bacaklar, tüm gişelerin kapılarını açıyor. İçerdeyim! İçerdeyim! İçerdeyim! Yumurtalarını kumsala bırakan yarı deli balıklar kutsasın beni!

Funda'nın tükürükleriyle nemleniyorum. Aylin'in vajina suları serinletiyor beni. Pornografik olduğu için toplatılan kitaplar gibiyim. Toplatıldığım depolarda devam ediyorum azmaya!

Neredeyim! İçerideyim! Kadınların hatta kadınlığın içinde... Doğurulmak üzere bekletilen son bebeğim ben! Ağlıyorum dünya dünya diye! Ama yokum, yokum dünya içinde!

Boşalıyorum. Son defa, sonsuz defa... Ters sekiz ile gösterilen matematiksel hazzım bu noktada. Bitmeyen suyun akışı, denizlerin içinde devinip dursun; ben bir kere daha yangından kaçarken yanardağlara tutuluyorum.

Aylin aç ağzını!

Funda aç ağzını!

Timuçin aç ağzını!

Tutmak üzere olan bir bedduanın şerrine sığınarak boşalıyorum.

-20- Üçüncü Emir: Çalacaksın

Dünya, çok ıslak bir yer. Su'yu çalmaya karar verdim. Hey bekletilirken yağdırılan yağmur... Açılmayan şemsiye. Seviyorum seni; ağzıma dayayıp musluğa su içer gibi; kıtalarını yalancı çıkaran kirli musluk suları! Bıyıkları kıvrılmış bok gibi duran tesisatçılar. Modernitenin bir belirtisi olan su arıtıcıları... Ve ıslak havlular... Ve sıtma nöbetleri... Ve gözyaşları... Nefret ediyorum sizden!

Dünyanın en büyük acıları sessiz çekilir derler. Bu teoriyi, küvetin ve banyo musluğunun suyunu açarken düşünüyorum. Mutfaktaki musluk açıldığında; içimde bir Nuh yeşeriyor. Tufandan korkan Nuh... Tuvaletin sifonuna, bir imdat freniymişçesine asılıyorum. Oh yeaa baby! Tuvaletin basınçlı musluğu, maşrapayı tuvaletin deliğine uçuruyor.

Muslukların cangılı... Suların tabiat dışı seli... İddia ediyorum Nuh tufanından hiçbir insan kurtarılmadı. Etrafta gördüğünüz herkes bariz bir şekilde tekne kırıntıları!

İçime giriyor betonarme frengi... Minik sızılar içindeyim. Paslıyım. Karasalım. Daha fazla suya ihtiyacım-ız var. Ben ve gözeneklerim... Kumun ve katı çamurun hışmına uğramış tüm deliklerim.

Karşı komşumun kapısına yürürken kendimi su tabancasıyla vurulmuş, incitilmiş balıklar gibi hissetmekteyim. Kırılmış kum saatinden zamanın dünü akıyor. Mızmızlanmanın, sapıtmanın tam zamanı. Sağaltmayan, bilakis hastalık azdıran enjektörleri en hassas damara bandırma zamanı. Latin helalarında ne yazıyordu? Hepsi yaralar, sonuncusu siker atar. Her dakikanın son an'a doğru kıvrıldığı uyuşturulmuş sıcaklıktayım. Terliyorum. Bu bir sıvıdır. Ağlıyorum. Bu bir sıvıdır. Minik sızılar içindeyim. Yaralıyım. İyileşmek üzere olan yaranın kaşındığını; kaşınmak üzere olan yaranın kanadığını; kanamak üzere olan yaranın kapanmayacağını sanmaktayım.

Komşumun kapısını on altı tekme ile kırmaktayım. Bacağımın sızısını görünmeyen gölgemin peşi sıra sıralarken o dairede de tüm muslukları açmaktayım.

Ne yapmaktayım?

Lirik bir spazm bu... Akmış, akan, akacak tüm gözyaşlarını şimdiden muslukların hacminden dışarı savurturmak inancındayım.

Diğer katlara yönelmekteyim. Bir başka kapıyı kırmak üzereyken kapının kendi kendine açıldığını görmekteyim. Tekmem, havada kaybolmuş bir ısıyı sarmalarken apartman sakinlerinin kızgın müdahalesine uğramaktayım.

Minik sızılar içindeyim. Deniz dediniz mi aklıma boğulmaklar gelir. Göl dediniz mi durmuş kalmış bir saatin akan ritm şeritleri... Zamanı akan musluklardan kovmaya çalışırken ben; köpek balığı kokusuna gelen kan gibi pıhtılaşıp kabardım.

Alıp götürüyorlar beni. Nereye?

Dört tarafı kara parçalarıyla çevrili bir mahkemeye.

Gasp diyorlar buna. Bir denize hortum tutmak gibi…

Haneye tecavüz diyorlar buna. Yanarak ölmemek için itfaiye hortumuna kendini asan bir manyak gibi.

Sinir krizi, öldürmeye teşebbüs, çılgınlık, toplumu tehdit edici hareketler, huzursuzluk yaratma, ferdi terör diyorlar buna.

Siz siz olun karaya vurmuş ve bir şekilde hayatta kalmış iki ayaklı bir balığı yargılamayın!

-21- Notlar -2-

Çıldırma böyle başlar. Kapasın çenesini havai fişekle yaralanmış deli fişek kuşlar. Betonerme göğün şantiyesinde acayip mırıldanmalar... Babil Kulesi, bizim evin önündeydi oğlum eskiden. Annem, balkondan düğünleri izleyemiyor diye bir gece pat diye kaldırdılar.

Çıldırma böyle başlar. Sakalların yolunur, yanakların kopar. Şişko bir iskelet olarak sırıtırsın sahne arkalarında. Pop ekranları seni iğrenç dışkılarıyla dışlar. Sen elbet görünmez adamdan daha görünmezsin. Senin edebiyatın yok; sinema filmini yapmadılar.

Çıldırma böyle başlar. Tırnak yer doymazsın. Kafa yer doymazsın. Ömrünü yerler, doymazlar. Senin halüsinasyonun tavladaki zarlarda '7' rakamı. Ne kadar zorlarsan zorla giremiyorsun oyuna. Kırılmışsın bir kere. Tüm kapılar kapalı.

Çıldırma böyle başlar. İş başvuruları karşılıksız çıkar. Çaylar soğur. Tuvaletlerin kilitleri bozulur. Aşk şarkıları, plakları çizer. Kasetler, bant karmaşası. Diğerleriyle monoloğa girer durursun. Attığın tiratları kimse iplemez. İnsanlığın kulağında kulaklıkları var.

Çıldırma böyle başlar. Gerçeklik algın, izlediğin son porno filmle beraber kopar. O ne kadındı öyle be. Ağzının sigortası, argonun dinamiğiyle edilmiş küfrü hak eden kulaklarla beraber patlar.

Çıldırma böyle başlar. Çoraplarına sarılarak uyursun. Cüzdanın, uzun yolculukların bavulu olur. Mendilin, kaynar duşlardan sonra havlun. Bakma oğlum aynalara. Sen artık ağzı kapalı bir şam fıstıkla yumruk yumruğa dövüşecek kadar küçülmüşsün.

Çıldırma böyle başlar. Sarımsak satıcısı bir vampirle pazarlık yaparken panik atak geçirirsin. Ahirete değil Zombilere inandığın için tüm din kurumlarından itinayla aforoz edilirsin. Ayı kemiren kurtadamlar, geceni köreltir. Batman'ların Robin'lerin seni kurtarmaya gelmedikleri zamanlarda tüm süper kahramanların götüne koyasın gelir.

Çıldırma böyle başlar. Perde asmaya çıktığın tavanlardaki örümcekler biricik yarenin olur.

Çıldırma böyle başlar. Olmayan maçın yedek kulübesinin önünde ısınırken olmayan fotoğrafçıya çok alengirli pozlar verirsin.

Çıldırma böyle başlar. Doğum günü pastanın içinden yarasalar çıkar. Arkadaşların korkup kaçar. Platonik takıldığın kız korkup kaçar. Kedi korkup kaçar. Kedi mi?

Çıldırma böyle başlar. Ayakkabılarını koyduğun yerleri günler sonra bulursun, tamam. Peki ayakların nerede?

Çıldırma böyle başlar. Yokluğun anlaşılsın diye varlığına mayınlar düşersin.

Çıldırma böyle başlar. Sizi bir yerden kör gözüm ısırıyor. Evet, evet benim adım Timuçin.

-22- Dördüncü Emir – Babana ve Anana Hürmet Etmeyeceksin

Benim de bir ailem var elbet. Annemle babamın halvet olması sonucu ben oldum. Prezervatif yok, çocuk var. Kendini geri çekme yok, çocuk var. Vajinada spiral yok, çocuk var.

O çocuk ben oluyorum. Küflü leyleklerin yamuk gagalarında getirdiği cins velet... Şu an ana babasının kendisine utançla baktığı tek kişilik azınlık. Yine karakoldayım. Malum suçlardan... Başım belada. Bunu yapan adam kaç yaşında? Bilinmiyor. Kimlik kartı üzerinde bulunamadı. Evinde bulunamadı. Son çare olarak ebeveynleri çağırıldı. Getirildi.

- Bizim oğlan ne yapmış yine?
- Koca apartmanda su savaşı başlatmış. Sonra gasp. Sonra saldırganlık. Sonra çıldırmış.
- Çıldırmak anayasaya aykırı mı memur bey!
- Sen sus bakayım Timuçin.
- Peki babacığım.

Azılı suçlarım, azı dişlerimi zonklatan çılgınlığım devletin güvenlik evraklarından geçiriliyor. Ben temiz değilim. Kara mürekkep, anlaşılmaz yazılarla dolu kağıtları berbat kokularla birlikte kirletiyor. Üşüyorum. Anneciğim sarılsana bana. Polis amcalar, bol gözlü bakışlarıyla tokatlarken beni, sarıl ve mıncıkla beni.

Göz musluktur. Her daim bozuk bir musluk... Ağlayasım geliyor.

Karakoldan çok soğuklu rüzgarın merhamet bilmez hışmıyla çıkıyoruz. Babam Samsun 216ından köpüklü bir fırt alıp soruyor:

- Utanmıyor musun yaptıklarından?

Utanmak? Midyeyi kabuklarını açmadan yemeye kalkmak. Çıplak biçimleriyle yeryüzüne atılmış atalarımızdan, onları örttüğü için lanetlenen incir yapraklarından sonra mı? Bir düşünün hey babalar! Tek lanetli meyve nedir? İncir. Neden? Çıplak kalmış insancıkları örttüğü, muhtemelen sevişmelerin en başında önüne geçmeye kalkıştığı için. Ben utanamam bu bilgiden sonra. Al yanaklarımın kızarması sadece fizyolojik bir tepkimedir. Ben yerin dibine mahcubiyetten değil orası daha sıcak diye girerim.

- Utanmıyor musun yaptıklarından? Hergele!

Sessiz kalmaya ve kafamın içinde fokurdamaya devam ediyorum. Babam yıllar önce de beni okuldan bu şekilde almıştı. Okuma bayramında heyecanlandığım ya da sırf terör estirmek adına altıma işediğim için. Herkes gülmüştü buna. Ben de gülmüştüm. Ve hayatımın belki de biricik felsefik cümlesini kurmuştum.

- Her işeyen altına işer arkadaşlar. Bunu bir düşünün.

Önce ıslak, sonra nemli, sonra lekeli bir hal alan pantolonumla babamın gelip beni almasını beklemiştim sonra. O gün okumayı ve kahramanca iğrençleşmeyi sökmüştüm.

Bugün söktüğüm yerden sökülmeye devam ediyorum. Kocaman adam olmanın sorumluluk ve mağrurca dik durma özentisinden koşar adım uzaklaşıyorum. Hayvan herif! Ben buyum. Daire kapılarıyla dövüşe kalkan ve mutlak surette dayan yiyen gaspçıyım. Hiçbir şey çalmayan hırsızım. Bardağı susuz diye; suyu tatsız diye kıranım.

Bir kere kırıldığınızda, ondan sonrasında kırdığınız her şeyin tedavinizin bir parçası olduğunu size sunan doktor benim. Taşkınlıktan haz duyan, hayatın klişe kollarından kurtulmaya çalışırken yeni olanın pislik dolu çukuruna çivileme atlayan büyük mucit benim.

Ve babam bana soruyor:

- Utanmıyor musun yaptıklarından?

Hayır. Bir balığın, denizden utanan bir balığın kaçacak bir yeri olmamasının derdindeyim ben. Polisler, beni karakola götürdüğünüz için teşekkürler. Anacığım, babacığım benim karakoldan aldığınız için teşekkürler. Ama şimdi biraz daha, yapacaklarıma bakın.

Kendimi yere atmamla tepinmem bir oldu. Pokemonları bilir misiniz? Hani şu çizgi filmdeki hayvan kırması sevimli yaratıklar. Squirtle'ye bayılırdım. Kaplumbağa pokemonu... Su pokemonu... Ne hikmetse şimdi kendimi öyle hissettim. Dünyanın tüm musluklarını hiç ağlamamış gözlere hikmet ve delalet olsun diye açtıktan hemen sonra.

Ve bir kabuğum varmış da kırılmak üzereymiş gibi anırıyorum yolun ortasında.

- Squirtle'a yapmayacaktınız bunu! Yapmayacaktınız bunu benim gibi pokemona.

Çıldırma, nasıl biter? Bitmez oğlum bitmez. Kahvelerde okey oyunları, kuaförlerde pedikürler, villalarda yıllık bakımlar biter de çıldırma bitmez.

Annem ağlamaya başlıyor. Babam, etrafta giderek kalabalıklaşan insanlara yarı sıkkın yarı utanarak bakıyor. Ne yapacağım ben şimdi deyişini tutuyorum. Bir bok yapma baba. Bırak, oğlun kopan kayışlarından yeni bir ip üretsin. Ortaya çıkan sonsuz uzunlukta ipten, deniz tutabileceğim bir olta inşa edeyim. Denizi kaldırıp gökyüzüne fişekleyeyim. Her yer mavi olsun. Hayat bayram olsun. Pazarlara ucuzluk gelsin. Şerbetler kıvamını bulsun. Borsa, rahatlasın. Kadınlar, marketlere giderken evden sutyensiz çıkabilsin. Politikacılar, yalan söylerken en azından bir yanakları kızarsın. Tavlada zar tutanlara kızılmasın. İlk defa bir kuş vurularak değil eceliyle ölsün. Bir bok yapma baba. Kainatın ve huzurun bornozları bol gelse de bırak üstümde dursun. Gece uyanıyorsam; o benim sabahımdır. Takvimim, zamanın yolunu düşe kalka olsa da kendi ayaklarıyla bulsun. Git baba. Çekil. Başka 'insan' istemem. Biri bana sarılacaksa, o iki kolumun arasındaki yaralı gövdem olsun.

Annemle babam kaçıyorlar. Ben küçükken bir evdeydim, kimse yoktu. Ben küçükken paltomu bulamamıştım, dışarıda kar yağıyordu. Ben küçükken, hiç bu kadar küçük değildim. Hey yattığım yerden ancak seyrine dalabildiğim gökyüzü. Mavin, siyahımı dövsün.

Kendimi bir gün bulamazsam, beni bir tek kaybolmuşlar arasın.

Çakmağımı bir gün bulamazsam, sigaramı uçmakta olan ejderhalar yaksın.

Örtüklüğüm, çıplaklığımdan daha çirkinse, varlığımın sökükleri yamalı kalsın.

Hey cümlelerden taşıp hayatımın ortasında sinek kovalayan noktalar, noktacıklar!

Tamamlayın beni.

23- Notlar -3-

Çıldırma, böyle devam eder.

Futbol topuyla golf oynarsan kazandığına üzülürsün. Ve dirseklerinde varisler; bacaklarında ham solucanlar gibi selüloitler... Canın çikolata ister; sigara yakarsın. Uykun gelir; televizyonu açarsın. Tek intihar girişimin, hapşuruğunu tutmak olur.

Gülünecek haline ağladığından işler biraz karışır. Önce telefonunun pin kodunu; sonra ablanın doğum gününü ve sonra neden dünyada olduğunu unutursun. Buna sizin oralarda yavaşlamak derler.

Tek kelimesini bile bilmediğin fevkalade yabancı dillerde karşına çıkar çocukluk arkadaşların. Büyürsün ve çocukluk arkadaşları ötelerde kalır. Bu matematiksel bir hesaplaşmadır. İki tane ikiyi yan yana getirmen arasına çeşitli şemalarda işaretler koyarak elde ettiğin sonuçlardan daha fazladır ve sıfır her şeydir. Sıfırdan başlamak hovarda bir gençlik lüksü olarak kenarda kalırken sıfırda bitmek gayet makul bir davranıştır.

Çıldırma böyle devam eder. Duvara çivilediğin portre ikiz kardeşinin ikiz kardeşidir. Mumlar, ısınmak ve sular ayılmak içindir. Gün gelir, kanepede oluşturduğun tembel -çukur seni yutabilir. Ve sıfır, her şeydir. Bütün sayılar onu takip etmek ve çoğalıp büyüdükçe unutmak zorundadır. Sizin oralarda buna gerilemek derler.

Uzaklaşan araç, senden geçtiği yolları da alır. Artık kendi evinin ziline basıp kaçan zavallı bir ahmaklıksındır. EYVAH- Büyürsün ve çocukluk anıları arabanın içinde kalır.

Bu, persona tarihinin sansasyonel bir skandalıdır.

Çıldırma böyle devam eder. Timuçin, orada mısın?

-24- Beşinci Emir - Komşunun karısına, yahut kölesine, yahut cariyesine, yahut eşeğine, yahut öküzüne, yahut komşunun her şeyine tamah edeceksin

Akşamüstü uyanıyorsanız, bok gibi hissetmek için kendinizi tuvaletlere kapamanıza gerek yok. Bu içtiğim kahve midir, tükürükle donatılmış kafein mi? Dışarıdaki cadde midir; bir ressamın çizerken uyuyakaldığı portre mi? Ben var mıyım, yoksa uyandığımda yokluğumu fark etmeyeyim diye mi yaratıldım?

Hollywood klişesi ama aynaya bakmaktayım. Sarsak bir siluet... Damlaya damlaya kör olmuş göz akıntısı... Surat, surat değil; bir öğle vakti sıkışmış trafiğiyle sarpa saran ilçe bulvarı... Gözümü kırıtsam korna sesleri; ağzımı oynatsam moloz ve egzoz yığını...

Velhasıl beşinci emre kadar geldim. Kötülüğün iksirini cadıların apış arasından içtim. İyiyim. Yani kötüyüm. Yani iyi hisseden bir kötüyüm.

Ve evden çıkmaya hazırım. Bir komşu bulmak ve ona gereğini yapmak durumundayım.

Söz konusu kötülükse çeşit bol... Bir bok böceğinin bir iyilik meleğine karşın yapabilecekleri sınırsızdır. İyilik meleği, bir işe yaramayacak asasını oraya buraya savururken, bok böceği ağzınıza, yüzünüze, her yerde anlata anlata bitiremediğiniz ruhunuza, pek tabi önemli olan iç güzelliğinize sıçabilir. Bok'un Nur'u yendiği alandır kötülüktür. Hile, geçer paredir ve siz kötülüğün sözcüsü olarak ne yapsanız haklısınızdır.

Dışarı çıktığımda epey yürüdüm. İlginç ve güzel bir şekilde kimseyle karşılaşmadım. Dünyanın beden dersi boş geçiyordu. Ya da ben dünyayı arayan beden hocasıydım.

Bir oyun parkının yanında durdum. Bir korku efekti değil; bir ıssızlık edebiyatı olarak kabul görebileceğim salıncak salınımları. Çocukların çoğu öldürülmüş gibi. Bazıları kaçırılmış, fidye istenmekte. Çığlık yok. Arta kalanın basınç değerleri var. Bir yankı olarak bir oyun parkı… Oyunsuz… Şehir alanının tam göbeğinde… Ben ortaya çıktım ve hopo sapiens çıldırarak ortadan kayboldu. Çıt yok. Çıt var. Ayaklarımın ucundaki çıt'ları birleştirerek bir müzikal ortaya koymaya çalıştım. Konser salonu, kimsenin gelmemesine alınarak kendi üstüne yıkıldı. Ne yapıyorum ben? Etrafımdaki her şeyi kişiselleştirerek kendimi nesne konumuna indirgiyorum. Bir maşrapa olarak bile devam edebilirim artık hayatıma.

Birileri içime sular koyarak tıraş olabilir. Birileri içimdeki suyu caddeye saçıp yolcu uğurlayabilir. Birileri, banyolarında bana takılıp sendeleyip düşebilir.

Bir oyun parkının yanından geçtim. Nereye gideceğime karar vermeliydim. Nereye gideceğime karar verdim. Doğup büyüdüğüm eve gidecektim. Onun o zamanki toprak tabanına gömdüğüm misketin peşindeydim. Dışı, yusyuvarlak, pasparlak… İçi çok güzel mavi… Evin arkasına gömmüştüm onu. Bir gün başım sıkışırsa gider alırım diye. Bazı hamleler geçmişten kurtulmak için yapılır.

Üçüncü sağdan sola saptım. Karışık labirentin iç burkan odacıklardan fare cesetlerine, peynir küflerine basa basa ilerledim. Çocukluğumun geçtiği yere doğru, mekan bilinçlerinden değil zaman ışımalarından sekerek varma noktalarına odaklandım. Her adım bir dakikaydı. Sırtımdan yola şıplayan her ter, kronometrenin aksayan ritmine bir molaydı.

Sokaklardan ve saliselerden aynı anda geçiyorum. Merkezde bir ışıma ve noktalı huzmelerin ortasında dev evrenin küçük miras modelleri. Durup manzaraya bak ve sayıkla. Ne yapayım şimdi ben bu evrenle, bu giderek şişmanlayan sonsuzlukla ne yapabilirim? Önümde iki seçenek var: Ya tiksineceğim bu evrenden. Ya da acıyacağım ona.

Ortasından kopmuş bir tahterevallinin son ucunda ya kumun dip kalıntılarına gömüleceğim; ya zıplayacağım göğün yedi katlı basamaklarına.

Orta yok. Orta silindi. Orta tabakanın içine patlar halde sigaralar serpiştirildi. Bum... Ortada kuyu yok. Onu dört ortalı bir deftere çizilmiş ejderha parçaları yedi.

Çocukluğumun evini hemencecik buluyorum. Elimle koymuş gibi... Ayaklarımla kaybedecek gibi. Çok eski, sadık bir nasırı yeni bir yolun hengamesinde acımasızca patlatır gibi.

Balkonumuzun önünde duruyorum. İşte burada gömmüştüm misketimi! Toprak, aynı toprak. Zamanla biraz sertleşmiş; ama biliyor gibi duru, biliyor gibi hoyrat, gömdüklerinin kıymetini.

Önce ellerimle kazmaya çalışmıyorum. Olmuyor.

Apartmana giriyorum. Çocukluğumun evinin yeni sahiplerinin ziline basıyorum. Bok sesli bir kadından tuvaletten nağmeler fısıldıyor.

- Uhuu Uhuuu misafiriniz geldi! Lütfen kapıyı açar mısınız?

Siktiminin samimiyetsizleri. Büyüyerek ölen öznelerin arkasından litrelerce leş kanı tüketen ölü hipodrom beygirleri...

Kapıyı bir kadın açıyor. Altında bir etek parçası... Üstü tamamen çıplak. Ve gövdesinin üstünde köpek kafası... Kötü bir tercih: Golden...

- Hey neden bunu seçtin kendine?
- Ne yapayım bu sıralar çok moda!
- Dilini topla ve dikkatli ol! O iğrenç salyalarından biri akarsa üstüme; seni köpek kafalı olduğuna pişman ederim.
- Sen neden insan kaldın?
- Senin ruhun köpek dediler. Vermediler.
- Ruhuma havlayabilirsin ama bedenime asla!
- Bana bir kazma gerek!
- Niye? Çocukluğunun cesedini mi çıkaracaksın?
- Lirik edebiyattan hoşlanmam.
- Tamam getiriyorum.

(Komşunun karısına tamah ettim.) Ama halletmem gereken şeyler var. Bir matematik profesörü dramı... Problem mi? Bizim işimiz. Kendin çıkar; kendin çöz.

Kazmayı ilk sapladığımda toprak direniyor. 2 -3 derken açılıyor toprak… Bundan sonrası hikayenin, kalbimin, asfaltın kırılma noktası…

Ben sanıyordum ki misketi bulacağım; iki parmağımın arasında güneşe doğru tutup birdenbire bambaşka bir adam olacağım.

Ama ayaklarımın altında bir ufak misket değil; bir kutu beliriyor. Büyük bir kutu… Açıyorum, bakıyorum. Kocaman bir takma penis… Üstünde küçücük bir not:

Al bunu ve götüne sok…

Ruhnaz, net bir şekilde yanımda.

- Nasıl şakamı beğendin mi?

Kazmayı flu bir şekilde sallıyorum. Demir uç, Ruhnaz'a değil bambaşka (belli ki meraklı bir komşu) bir kadına saplanıyor. Kadının suratının ortasında tren kazalarına özgü bol dumanlı, pek gürültülü bir fokurdama peyda oluyor. Fosss!

Ruhnaz, net bir şekilde yanımda.

- Bana yaptıklarını hatırlamıyor musun?
- Hayır.

Pantolonum aniden aşağıya iniyor. Bir hayaletin, bir ölünün, takma bir sikin, çocukluğumun cesedinin, romantik edebiyatının önünde daltaşak kalıyorum.

Hayali bir çelmeyle yere kapaklanıyorum. Ben Timuçin; tartaklanmak, benimle girişilen tek temas biçimidir.

Ben Timuçin, hafızamı tamamen kaybedecek kadar dikkatsiz; her bir boku hatırlayacak kadar sikko biriyim.

Az biraz itelemeyle penisim deliğe giriyor. Doğa ana'nın ölü doğmuş veletleri birleşin! Bir köpeğin üstüne boşaldığı yeraltı solucanlarından yeni bir insan türü yaratacağız!

Ruhnaz, sırtıma binip üstümde tepiniyor!

Ben Timuçin. Rus edebiyatı yapayım derken Ruh edebiyatı yapmış biriyim. Basit bir harf hatasıyla alfabenin 29 harfinden 29 piç edindim.

Ruhnaz, bağırıyor: Seni öldürebilirim! İşkencelerden geçirebilirim. Seni atomlarına ayırabilirim! Fakat! Fakat! Sadece bana neler yaptığını hatırlamanı istiyorum.

Ben Timuçin. Dostoyevski'nin yeraltından notlarına penisimi olmadık yerlere daldırarak girdim.

Ben Timuçin. Beş büyük günah işledim. Cehennemin yolunu ararken ölü ve güzel bir kadının topuklarının haritasında kayboluverdim.

Tepede osuran bulutlar... Kasıklarımda kritik sancı... Hikayenin bundan sonraki kısmını okumak için lütfen; uçağınızın düşmesini; freninizin patlamasını; eve bırakılan bombanın tam zamanında patlamasını ve ve ve ve ve ve ve ve ve...

Köpeklerin sizinle konuşmaya tenezzül etmesini bekleyin.

-25- Timuçin - Mavi Dul

Bu işler böyle olmuyor Timuçin
Asansörün kapısı kapanmıyor mesela
Ev sahibimiz öldü ve biz kira vermeye devam
ediyoruz
Pideler soğuk geldi
Hayvanlar itaatsiz
Senin ellerin uzaydan görünüyor; dünyadan
titriyor
Bu işler böyle yürümüyor Timuçin
Tekerlekli sandalyelerimizi sattık maratonda
sonuncu olmak için...

Timuçin diye birini tanımıyorum Timuçin
Ama sen burada, kollarındaki kıllı yalnızlığı
kaşıyorsun
Televizyondaki dizileri gerçek
Televizyondaki reklamları pembe
Televizyondaki başbakanları uzaylı sanıyorsun
Uzuyor dudağının ucundaki kor
Bükülüyor korun ucundaki parıltı
Kendini televizyondaki kül tablalarına
batırıyorsun
Sonra olmuyor işte Timuçin
Çalışır vaziyette fırının içinde yatmak sana
yakışmıyor
Klozet kapağını kirli bezlerle temizlerken
sevgilini özlemek sana yakışmıyor
Sana yakışmıyor dünyanın dönüş hızı
Kurabiyeler bilerek pişmiyor

Çeyizlerini mezarlıklara gömen genç dullar
Arkandan değil
Değil arkandan
Önünden, önünden, önünden ağlıyor.

Seni her gece gıdaklayan bir köpek uyutmuyor
Timuçin
İçinde tavuk ölüleri yeşerten bir köpek
Avukatın senden gizli senle görüşüyor
Psikoloğun sana anlamsız resimlerin anlamını
soruyor
Doktorun, apse yapmışsın, hay diş etlerini
sikeyim diyor
Küfür yok, küfür yok
Sansür var, sansür var
Kutsal kitabın küfürlü
Alın yazın sansürlü
Seni her sabah havlayan bir tavuk uyandırıyor
Timuçin
Sevgilin idamına bilet bulamadığı için
katılamıyor
Kitaplar ve biblolar da eskiyor
Bahçendeki cesedi daha ne kadar besleyeceksin?

Kayıtlı olduğun bir lise yok
Yine de matematikten zayıf almayı başarıyorsun
Timuçin
Anneni hatırlayanları öldüren bir seri katilsin sen
Sana babanı hatırlatanları döven bir maganda
Bu çiçekler, kararmış ayak izleridir senin için
Bu ülke iki kilometre sonra Uganda.

Bu işler böyle yürümüyor Timuçin
Sehpanın bir ayağı kırık; futbol hayatı bitmiş
Semptomlar yukarıyı gösteriyor
Tanrı, marazları aşağıya göndermiş.
Nerde merdiven görsek orada düşüyoruz
Nerde kır çiçekleri biz orada dört köşe solgun
Sapık mıyız biz Timuçin?
Niçin, milletin külotlarını sönmüş sobamızda
kurutuyoruz?

Sen o partide sarhoştun da o yüzden mi o partiye
oy verdin Timuçin?
Beşiklerden kaçırdığın plastik top değil midir
şimdi hürriyetin?
Kan merkezlerinde vampir avlamakla olmuyor bu
işler
Ekmekler artık, taş, kağıt, makas
Ekmekler artık bayat bile değil.

Şimdi tam olarak ne zaman boşalıyoruz Timuçin?
Sen mi pencereyi açarsın
Ben mi kapıları kırayım
Balkondan yere, balkondan birbirimize atlamak
için.

2. Yarasa / Tayyar

"Yarasalar, çok miktarda böcek tükettikleri için dünyanın dengesi açısından büyük önem taşırlar."

https://tr.wikipedia.org/wiki/Yarasa

-1- Merhaba Ben Tayyar

Çerçeve var. Duvar dönüyor. Baş dönmesi hızından yüksek bir dünya elipsi... Samanyolu tümden hortum içinde... Titremelerimizin nedeni kronik epilepsi...

Çerçevede izler ve solungaçlar... Kumsala çizilmiş balık resimleri, acıdır. Bu bilgi var. Atom mu Nagazaki mi daha önce parçalandı? Ters açıların dümdüz ettiği ışık kırılmaları var.

Çerçevede Peyami Safa papyonu, Brautigan bıyığı, Saul Bellow takım elbisesi, Nabokov yelpazeleri, Oğuz Atay çorapları var. Karışık kaset, satmadıklarını gösteren vitrinin yalancı saydamlıklarında başa sarıyor.

Timuçin'den Tayyar'a... Timuçin'den Tayyar'a... Ses kontrol... 1... 2... 1... 2... Puf... Pof...

Öyleyse biz kimiz? Kimlerdeniz? Biri miyiz? Bir şey miyiz?

Evet buradayız. Ve hareket halindeyiz. Küçüklüğümüzde şarkıcılık oynarken parfüm şişelerine değil kulak temizleyicilerine mikrofon muamelesi yapan minimal solistleriz.

Marjinal ya da yılın pop art sanatçılarını temsil eden tuhaf giyimli züppelerden değiliz. Geleneklerden tiksiniriz. Uç fikirlerden tiksiniriz. Erkeklerin ve pahalı puroların ve losyon kokulu çukurlu yanakların meydana getirdiği toplantı salonlarında kadınları aşağılayan ya çok dar ya çok geniş olan folloş kafaların getirdiği ileri görünümlü gerici, boktan, haybeye fikir akımlarından tiksiniriz. Karşı cinse olan tüm tecavüz türevlerini fantastik hengamelerde, komik anektodlarla anlatan yazar ve yönetmenlerin akvaryumlarını pompalı tüfeklerle patlatmak isteriz.

Çerçeve Tayyar'ın migrenli göğüs boşluğunda... Yanlış anatomi ve sürekli yer değiştiren organlar... Bu bir polemik... Vücut polemiği... Kalbimin başı ağrıyor gibi bir söz oyunu... Biz kimiz Tayyar?

Timuçin'den Tayyar'a... Timuçin'den Tayyar'a... Yeşile boyanmış bir kara kutu uçağın sırlarını yumuşatabilir mi? Sürekli cinayet üreten bir mutfak, tekrar tekrar uşağı katil çıkarabilir mi? Ruhnaz'ın yeni bir ismi olacak mı? Yaşayan bir ismi?

Tiksiniriz ve acırız. Sevgi ikisinin ortasında derdest olur. Bir kelepçeyi nasıl tutuklayacağız? Bir aptalı nasıl anlayacağız? Komadan doktoru öldürerek; cinnetten bulutları parçalayarak, kaostan kanla ve mürekkeple ve bokla yazarak kurtulacağız.

Merhaba ben Tayyar... Tiksinme ve merhamet biblosu... Bazen canı sıkılan, ileri geri sallanıp ev ahalisini korkutan yarı çıplak biblo...

Köpekten sıkılıp yalnızlık satın alan adamları algılayınız. Burada Timuçin'e laf sokuyorum. Çünkü ben başka bir çağın, bambaşka bir hayvanıyım. Öğreneceksiniz. Öğreneceğiz.

Şimdi kahvenin son soğuk yudumu... İçiyorum ve sevdiğim kadının yaşayan formunun bana doğru yaklaştığını görüyorum. Adı ne olsun? Adını ne koyalım. Evet şu anda karar veriyorum. Cansu! Ruhnaz'dan, tabut imalatçılarından ve

-2- Ruhnaz Ölmedi Cansu'da Yaşıyor

Cansu ile Tayyar'ın tanışma hikayeleri yok. Vajina kertmeleri olarak direkt analarının rahminden sevgili olarak doğmuş olma ihtimalleri yüksek. Ben anlatıyorum bunu. Timuçin. Cansu'nun ölüp de Ruhnaz olduktan sonraki sevgilisi olan ben. Timuçin'in yokluğa karışıp da önceki formu olan Tayyar'ı sonrasının penceresinden önceleri toplayarak izleyen ben...

Ben Timuçin... Ben Tayyar... O Ruhnaz... O Cansu...

Kurgumuz, kül tablasına söndürülmüş su tabancasıdır. Ateş ile suyun yer değişiminde buz yenilecek; buz galip çıkacaktır.

Bir tütsüdür; yanan, odanın siyah köşesinde. Bir lambadır; yanan, odanın mavi köşesinde. Bir gözdür, iki gözdür; yana yakıla yanan odanın orta köşesinde. Cansu ile Tayyar omuzları birbirine değik, örtük, örtüşük... Dünyaya karşı türlü savunma biçimlerinde...

Cansu diyor ki: Bir gün bir öykü yazacak olursan benden bir Japon kadını yarat. Gözlerim çekik olsun. Adım da, İciyoko.

İçi Yok o... Simgelerin üstünü örten bir kelime oyunu... Yerinde bir sayıklama... Tayyar'ın hoşuna gidiyor bu. Bıyıklarındaki bülbül tebessüm raksıyla sağa sola çalkalanıyor.

Sonra sarılıyorlar birbirlerine. Sonra sevişiyorlar. Bu, ilk... Biri bakirliğini; biri bakireliği uçuruyor; uçaklara kafa tutan uçurtmalara doğru. Gökyüzüne kan boşalıyor. Hayat veren, hayat alan, kazanç ve kaybetme sıvısı kan...

Kadının kanıyla erkeğin spermi karışıyor birbirine. Var oluş çorbası adı veriliyor buna.

Kadının hıçkırıkları erkeğin iç ses kahkahasının üstüne devriliyor. Gökkuşağı orkestrası deniyor buna.

Kadının inip kalkan göğüsleri büzüşen penise dolanıyor. Hasta eden tedavi deniyor buna.

Tek bedenden çoklu bedene geçiş; çok Tanrılıktan ten Tanrılığa iniş kadar sarsıcı oluyor. Kuştaki türbülans deniyor buna.

Ne kadar sarılsalar da nafile... Erkek ne kadar diplere değse de kadın ne kadar kavrasa da nafile. İlk sevişmeden sonra başlayan nihai kopuş; atılan golün tekrar görüntülerine tekrar ve tekrar ve tekrar koftiden seviniş...

Bir tütsüdür. Bittiğiyle kalır. Duman sislenir; bulut buzlanır. Geriye kalan manzaranın izlenimleridir. Ne kadar hatırladığın, ne kadar gördüğünün önüne geçer. Her şey belleğin ana parçalarına eklenir ve sonsuzluk

Ve sonsuzluk, evet bir zamanlar vardı.

Cansu ile Tayyar o gece birbirleriyle, birbirlerinden çok uzakta uyudular. Tayyar çok kısa bir süre sonra horlamaya başladı. Cansu çeşitli aralıklarla yatağın sağına soluna döndü, burnunu kaşıdı. Tavşanlar, ah o mübarek tavşanlar, başkalarının halüsinasyonlarına doğru zıp zıp zıp zıpladı.

Timuçin gecenin bir yarısında uyanır gibi oldu. Cansu'nun karanlığı emziren gölgeli yüzüne bakarak tısladı.

Senin adın Hiçyoko olsun dedi. Tüm harfler aynı anda zıpladı ve yatağın diğer ucundaki Japonya'da insanın içini deşen bir deprem meydana geldi.

Hiç Yok O... İsmini yaşayan bir Japon kadından daha tehlikeli ne olabilir ki?

-3- Yarasalar

Tayyar anlatıyor çocukluğunu... Açık bir pencerede, ailesinin evde olmadığı bir gecenin sonunu...

Sekiz yaşındaydım. Ablamlaydım. Televizyonda cızırtılı bir çizgi film hiçbir şeyi anlamayarak hayatta kalmaya çalışan minik zihnimin değirmenlerini döndürüyordu. Değirmenden pastel boya ve atari jetonları ve her boka duyulan korkular akıyordu.

Ablamın dizinin dibindeydim. Ablam güzel kokmaya başladığı bir dönemde, beni dizinin dibinde yatırarak dünya meyvelerinin cennetten kovulmamızı telafi edebilecek güçte olduğunu gösteriyordu. O zaman ben cenneti ve yasakları ve alışılmış büyük günahları bilmiyordum. Televizyon vardı, cızırtılıydı. Diz vardı, pürüzsüzdü. Ben vardım, korkuluydum.

Sonra elektrikler kesildi. Güm... Odalarda ışıksızım of aman aman... Ablamın dizleri kemiklerinden oynadı. Mideden yükselen bir çığlık; kulaklarımın dengesini tıkadı. Dışarıda sirenler, çarpışan arabalar, kornalar, yeraltı hayvanlarının anırtıları, yanıp sönen lambalar.

Abla dedim – Ne yapacağız?

Sakin ol, gelir şimdi dedi.

Ama gelmedi. Tekil halinde gelen bir şey, biri olmadı. Geldiler! Çoğulluk, kanat çırpışlarıyla, yarasaların boğulmuş bebeklerin kursaktan çıkan figanlarıyla geldi.

Odanın içine, 3, 30, 300, 3000 yarasa doldu. Koştum, masayı devirdim. Ablam koştu, beni devirdi. Ben devrildim; devrilmiş masanın üstünden sandalyeyi devirdim. Sandalye devrildi, yeri devirdi. Yer yerinden oynadı; yarasalar her yerimizi her noktadan devirdi.

Kan aktı. Kan, Oblomov'un sadık uşağı olup ortalığı toplamadı. Ortalığı, toplamayarak dağıttı. Hithcook orada olsaydı kuşlar filmini yeniden çekme kararı alırdı. Daha ne kadar abartarak acı çekebilirim derken; yarasalar ortak bir kararla odadan çıktı. Ben masanın altından çıktım. Ablam bir yerlerden çıktı.

Çığlıklarımızı duyan komşular polisi aramışlar. Polisler geldi. Biz polis arabasına bindik. Ablamı başka araca koydular. Ben yalnızdım. Ben sekiz yaşındaydım. Yarasalar ve kanatlar ve sümükler burunlarımdan aktı. Sonra polis amcalar mavi oldu. Mavilim, mavilim, mavileştiler, ışıklar neon oldu. Bir kız sevdim, yalan oldu. Bir ablam vardı; ona ne oldu?

Karakola girdik. Çay içirdiler. Sıcaktı. Poğaça verdiler. Çok yemedim. Anlat dediler. Anlattım.

Sonra beyaz odalardan geçtik. Koridor, labirent, dört duvar, yedi duvar, on iki duvar. Saydım ki çizgiler var beni yutmak üzere; saydım ki çizgiler ayaklarımdan daha çok.

Geçtik. Yürüdük. Bir mecazdı koridor; bitirdik. Beyazlar beyazlandı, kir, leke tutmadı, pis pislenmedi. Baktım ayaklarım yamulmuş yürürken. Polisler maviydi. Doktorlar beyaz oldu. Tuttular omuzlarımdan.

-Oğlum, çocuğum, evladım anlat. Ne bu kanlar?

Ne bu kanlar? Aksa ölüm; dursa hayat. Kim koydu bu kadar kırmızı suyu içimize? Kim Fanta'ya sarı kola dedi? Kim bana yarasaları açıklayacak?

Oturttular beni tahta bir sandalyeye. Sordular yeniden.

- Kim çizdi seni?
- Yarasalar.
- Ailen nerede?
- Onlar gitti.
- Sana kimse bakmadı mı?
- Ablam vardı. O nerede?
- Ablan vardı. O nerede?

Nefes almaktan korktuğunuzda akciğerinizden nefret edersiniz. O iki lanet ciğer, gövdenizin altına gömülmüş Çin malı mayınlardır. Ve bir türlü patlamazlar.

- Kim kanattı yüzünü?
- Yarasalar.
- Onlar sana saldırınca sen ne yaptın?
- Masanın altına saklandım.
- Ablan nereye kaçtı?
- Bilmiyorum. Onu yarasalar mı kaçırdı?

Doktorlar birbirine baktı. Beyazlar birbirine baktı. Karardım. Kapanan bir kapı, kırılan bir kapıdan daha çok ses çıkarıyormuş; öğrendim. Doktorlar çıktı. Ufuk kayboldu. Çizgi, dağıldı.

Sonra takım elbiseli bir adam geldi. Adamdı, bıyıklıydı, gözlüklüydü. Sordu, sorguladı, sarstı, mıncıkladı.

- Oğlum Tayyar, sen iyi misin?
- Ablamı istiyorum!
- Ablan yok.
- Ablam nerede?
- Ablan bir yerde olamayacak kadar yok. Hiç olmadı. Sen tek çocuksun.

Ben tek çocuğum öyle mi? Tek genim, tek eşliyim ve kendi korkularımla evliyim. Peki ama ne önemi var bunun? Ablam yokmuş peh. Ben en azından evimin bahçesi var sanmıyorum!

-4- Ulusa Anırış

Nereden gelirse gelsin acıyı göğsünde yumuşatmalısın Tayyar. Gol olmasa da olur. Vur! Belki yan ağlara çarpar da millet gol oldu diye ayağa kalkar. Yurdun tüm lokallerinde, şifreli yayın dekoderleri kiralamış hanelerinde, stadyumlarında sevinç dalgası yaratır bu.

Sevinç, bir dalga mıdır Tayyar? Bunu boğulmak üzere olan bir köpek balığına sormalı.

Göğsünde yumuşattığın göğsünü sertleştirse de devam etmelisin. Çünkü sen bu çağın bilgisayarlarına virüs bulaştıran dijital bir hastalıksın. Senin nasıl bir kaçkın olduğunu Beyaz Saray bile biliyor. 100'ün üstünde kadınla yattın ama kendini hala bazı geceler dünyanın en yalnız adamı ilan edecek kadar şaşırmışsın. Erkeğin yalnızlığının kadınlar üzerinden tahlil edilmeyeceğini bilemeyecek kadar filozofsun aferin; fakat gelmiş geçmiş tüm filozofları bakir sanacak kadar da salaksın.

Aptallık, bir bazuka mıdır Tayyar? Kaç mermiyi birden içine alır? Bunun sonucunda kaç dahi dışarıda kalır?

Düşüşe geçiyorsun Tayyar düşüşe... Pilotla aran bir bulut yüzünden bozuldu. Paraşütün açılmayarak seni hayal kırıklığının asfaltlarına düşürdü. Hostesler bombaydı, patladı. Ölmek istedin; vizede problem çıkardılar. Pasaport fotoğrafında gülerek poz verdin; başka ülkelere, başka gezegenlere ağlak bir suratla geçemedin.

Düşüşe geçiyorsun Tayyar ve yeryüzü başarısız bir götün çalkalanışlarıyla alt üst oluyor. Göt gibi yükselerek düşüyorsun. Kendi kafana basıp gövdeni küçük ellerinle çiğniyorsun.

Ve en sonunda yüksekte ve düşmüş; elma tarafından kemirilmiş bir kurt olarak aşağıya bakıyorsun. Bir kurşun yerçekimi kanununun ayarlarıyla oynuyor. Bir kanat var; yolunmuş; epey çirkin kokuyor. Aşağıda seni dinlemeye hazır insanlar ve böcekler ve uçak kalıntıları ve boklu mazgallar ve intihar mektupları ve kötü geçmiş doğum günleri var.

Aşağıda büyük haksızlıklar var ve çoğalıyorlar.

Aşağıda çürümenin kutular halinde satılışı var ve kapısında kuyruklar.

Aşağıda yargısız infazlar, sargısız yaralar, kargasız korkuluklar var. Kendilerini gülünç hissediyorlar.

Tayyar, sen şimdi eline bir megafon al, bir ağız al, bir el daha al... Tetiğe bas ve konuş...

Sizden mahvolmanızı istiyorum. Yanlış yazacak olursak mahfolmanızı... Bir yanlış daha: Mafolmanızı...

İstiyorum ki canlı yayınlarda rezil, konserlerde detone, sergi salonlarında kepaze olun. Üvey analarınızdan emdiğiniz sütlerin son kullanma tarihleri geçsin. Hollywood'un kırmızı halılarına ciğerlerinizi kusun. Büyük meydanları terk edilmek için değerlendirin. İnsanların size gülmelerine izin verin. Alayla, kinle, kahrolmuş berbatlıklarla. Toplum, düşüşünüzü kahkahalarıyla süslesin. Şüphesiz lağımın fareden tiksintisi olacaktır bu. Tüylerinizi kabartın ve devam etmelerini sağlamak için paraşütünüzü bilerek, bilerek, bilerek açmayın.

Acının teselli görmez aşamasına tutunun. Sinüzit değil migren... Reflü değil ülser... Anestezi değil ötenazi... Sınırın karakollarına sınırsızın askerlerini koyun. Her defasında karşıya nişan alıp kendini vurmayı beceren askerlerden... İftihar değil intihar... İftihar değil intihar...

Sizden mahvolmanızı istiyorum. Eliniz iş makinelerine sıkışsın. Beyinleriniz illegal laboratuvarlarda eritilsin. Evlenme tekliflerinizde hıçkırıklar tutsun, boşanma davalarınıza sarhoş hakimler baksın.

Sizden yerin dibine geçmenizi istiyorum. Ölü doğduğunuzu jinekologlardan saklamanızı; gizlemenizi istiyorum yaşam koçlarından ve doçentlerden ve aile avukatlarından; tek bir dakika bile yaşamadığınızı...

Çürüyüşün tamamı lokal saadeti harcasın istiyorum. Kimse tarafından siklenmeyin, aklanmayın, bağışlanmayın. Pisliğin dehlizlerinde çökmüş imparatorlukların arka bahçelerine açılın. Çağırdığınız ruhlar, ruhunuzu alıp götürsün istiyorum. Tanrı'nın Türkçe bilmediği bir ilkokul sınıfında, parmağınızı kaldırın istiyorum.

Fazla eksik, çok yarım, akvaryumsuz balık, balıksız deniz, denizsiz yarım ada, yarım adaya doğru birkaç yarım adım... Boğulun. Son sözünüz 'köpük'ten olsun.

Yanın. Son dakikanız itfaiyenin numarasını hatırlamaya çalışmakla geçsin.

Tabutu ayaklarının ucunda sallayıp ölüyü uyutmaya çalışan tek kadın peygamberin dramına inanın. Reçetelerinizi kokainman müzisyenler onaylasın. Mektuplarınızı yazmadan önce yırtıp atın. S'atılmanın S'sinden kurtulup dünyalardan, oyunlardan, sizi havada tutan ipçiklerden atılın...

Sizden mahvolmanızı istiyoruz. Ben ve Timuçin... Sizden... İstiyoruz... Mahvolmanızı... Hadi başlayın.

-5- On Yedinci Kavga

Saklanmış şiddetten ve yüzeysel saçmalardan kaçamazsınız. Tayyar da kaçamaz. Kimse de kaçamaz.

Gün gelir sevişmek istediğiniz için, sevişemediğiniz için kavga ettiğiniz kadınla sevişirken kavga edersiniz. Sevgililiğin tuzu biberi, ana yemek olmadan, ekmeksiz, su'suz getirilir masanıza. Her şey bir anda doğumun vajinasına ve ölümün göt deliğine bağlanır. Freud amcana çükünü göster bakayım evladım. Anal – oral dönem... Diş fırçaları ve giderek yükselen viyadükler. Ve at üstünde erkekler ve öldürmeyen mitralyözler... Emziği çıkar, küfrü sok ağzına. Siktir oradan. Küfrü çıkar bir başka dili daldır boğazına. Hücreler iki kişi çok az; tek kişi çok fazla...

Matematiğin iflası; seksin nabzını düşürmüyor. Asıl çarpım tablosu yatakta. Tayyar'ın ve Cansu'nun söne söne yanan kasıklarında.

Cansu, Tayyar'ın kucağında zıplarken Tayyar daha fazla dayanamıyor. Böyle giderse çabucak boşalacak. Pozisyon değiştirmek istiyor. Ve Cansu'nun arkasına geçmek... Yani porno tabiriyle 'dogstyle'. Yani amiyane tabirle domaltmak istiyor Tayyar. Ama izin verilmiyor buna. Kendimi böyle aşağılanmış hissediyorum diyor.

Hay Kamasutra aşkına!

Hay bir anda büzülen penisin asıl iktidarı tartaklayan koalisyon üyeleri aşkına!

Cansu alelacele giyiniyor. Tayyar'ın gözleri penisinde, taşaklarında...

Ben sikim miyim? Sikimden arta kalan mıyım? Benliğim sikimin yörüngesinde ufacık bir gezegen midir? Kadınlar, o gezegeni talan etmeye gelmiş güler yüzlü işgalciler midir? Sik kafalı olmak için belli bir santim aralığı var mıdır? Yeniden homo erectus olmak imkanı var mıdır? Ben sikim miyim? Sik, Ben'in yüzde kaçını kapsar? Erkek olmak suç mudur, ceza mıdır, hukuku bilmeyen avukat, akmayı bilmeyen ırmak mıdır?

Gibi pek alengirli sorular soruyor. Cevap, Cansu'nun çarptığı kapıdan geliyor. Güm!

Bu gece biri salonda yatacak. Domalt beni gece kederi! Yorganla sevişirsen soğuk bir kasık azabının babası olursun.

6- "Dönme Dolap, Dönme Be"

Her yerde küçük devletler var arkadaşlar. Yeni açılmış sanayi bölgelerinde; mimar taslaklarında, ressam eskizlerinde, manken teşhirciliklerinde, kokteyllerde, partilerde, haralarda ve şiirlerde, lunaparklarda ve ailelerde.

Tayyar bir gün memur olup kapağı devlete atmak istedi ve Cansu'ya evlilik teklif ederek bunu başaracağına inandı.

Gittiler ki lunapark var bir yerde. Aa ne güzel. Tayyar'ın alnında ter; çantasında alyans, içinde heyecan falan... Önce tırtıla bindiler. Üç tur atıp çocuklar ve ahmaklar gibi çığlık attılar. Yazdan kalma bir gündü ve güneş, turuncu bir çikolata paketiydi.

Çarpışan arabalara bindiler, coştular. Saçlar, köklerinden oynadı. Tayyar, düşüncelerinin bir yerinde psikanalizin hastanın sert bir yatağa yatırılmasından değil çarpışan arabalara oturtulmasından geçtiğini saptadı. Ve itinayla çocukluğuna geri döndü. Güneş, optimizmin kurucusu olan yuvarlak suratlı bir profesördü.

Dönme dolaba bindiler. Tolstoy iyi bir insandı ve romantizm denen şey vardı. Yazdan kalma her şey akşamdan kalma her kafayı yumuşatırdı. Tayyar ile Cansu evlenebilirdi. İşte çıkıyor çantadan parıldayan bir çember... Kırmızı bir kutunun içinde... Titrek ışıklar ve şömine ateşleri... Mis kokulu tütsüler... Ah Tango... Arjantinli erkeklerin tüysüz bellerinden İtalyan kadınlarının tüylü kasıklarına çift çemberden geçirişleri...

Devlet babanın kayınpeder olduğu resmi geçit törenleri… Tayyar'ın titreyen elleri…

Tayyar'ın gürültülerin arasında 'Benimle evlenir misin' çığlığı… Buna cevap olarak uzun zamandır onca hareketten midesi bulanan Cansu'nun Tayyar'ın dizlerine doğru usulca kusması…

Bir konçerto, maestronun sapıtmasıyla biter.

Romantizm akımı yatağında ölü bulunur.

Tolstoy, trende donarak, üzülerek, perişan olarak geberir gider.

Şöminede koca götlü Noel babaların kül olmuş kartvizitleri… Tütsülerde birtakım cılız çocukların parmak iskeletleri…

Ve Tayyar'ın yeşillerle pembelerle dolu kusmuklarda deli gibi titreyen dizleri… Ve Cansu'nun bön bön bakan gözleri…

İnelim lütfen… İniyorlar lütfen…

Güneş, parmağın kadraja girmesiyle bok gibi çıkmış bir fotoğraf. Cansu, beni eve bırak diyor. Tayyar, tamam diyor.

Yüzüğü, yanlarından geçtikleri çöp kutuna savuruyor. Lunapakın girişinde şapkalı bir adam var. Boyuna para sayıyor.

Bugün, 12. 334 bilet satılmış.

Doğrusu iyi kazanan bir lunaparkın içindeyiz. Bakınız; dönme dolap yine hareketlendi.

-7- Su, Katıdır

Sel felaketi banyonun içinde ve ben bunu su ile tartışıyorum. Sık sık duş alırım. Bir gün gerçekten boğulduğumda zorlanmayayım diye. Profesyonel kurban olmak bunu gerektirir.

İşte yine duşun altındayım. Kalın gövdemden süzülen sular küvetin paralel evren çıkışlı deliğinden akıp gidiyor. Dünyayı defalarca yaratıp bir türlü rayına oturtamayan Tanrı gibi; sular da defalarca aynı ve farklı olarak; birbirine benzer ve birbirinden ayrı zamanlarda üstümden çoğalarak altımda azalıyorlar.

31 mi çekeyim duştan çıkıp kurulanayım mı diye düşünürken omzumda bir kıpırtı hissettim. Yürüyen bir kıpırtı... Baktım Cansu... Küçülmüş, morarmış, bir garip hobbit olmuş. Birlikte izlediğimiz ilk film Yüzüklerin Efendisi'ydi. Fantastik sinemadan hoşlanmam deyip filmin yarısında yapışmıştım dudaklarına. Filmin diğer yarısı şimdi omzumda başlamıştı.

Omzumu akan suyun altına tutup onu deliğe bocaladım. Nazan Öncel'in dediği gibi: Her şey bir kabustu. Her şey bir kabus.

On – on beş saniye sonra iki adet Cansu karnımdan kasıklarıma doğru bas bas bağırarak koşmaya başladı. Ellerinde savaş okları. Hasiktir dedim. Halüsinasyonlar da beni görüyor!

Halüsinasyonlar da sizi görüyorsa boka basmışsınızdır demektir. Bok da sizi görüyordur. Hatta bizzat sizinle konuşur bok. Naber nasılsın der. Bak sonunda beni de kirlettin der.

Üstümde bok ve Cansu'nun küçük kuklaları... Kasık çizgilerim İpek Yolu olmuş, talana ve ticarete geliyorlar. Beynimi alıp götürecekler benden; yerine gergedan tarağı koyacaklar. Kahvaltı niyetine.

Savuşturuyorum onları da. Ayakuçlarımdan ıslak ve sinirli bir ordu geliyor. Cansu'nun minimal Haçlı seferi... Alice Harakiriler diyarında. Güliver kendi ülkesinde yabancı... Kim pasaport sorabilir görülen yanılgıya? 'Ölmeden mezara koyduğum Cansu'nun hayaleti yeni çıkacak bir arabesk albümü için iyi bir kapak olabilir mi?

Oklar küçük cımbızlar halinde batıyor vücuduma. Yeni bir yara bu. Dikenin batmışı ile bataklığın batmışı arasında fark yok; batan bensem. Hem sancı hem boğultu... Dikenli bataklık... Ordulu Cansu...

Kan, rahat aksın diye küvete boylu boyunca uzanıyorum. Kuş bakışı... Hayır kuş batışı bir enginlik... Gözlerini kapa ve ameliyatının kötü geçmesi için dua et. Dua et neşteri göğsüne sokacak olan doktor yüzyılın titrek elli alkoliği olsun. Masada kalmak, hayatta kalmaktan iyidir. Dünya, küçük yaralardan akan kan ordularıyla birlikte itina ile geçiştirilmelidir.

Uyandığımda su kesilmişti. Küvet, ensemi sertleştirmiş ve banyonun tüm Cansuları çekip gitmişti.

-8- Ölü Tavuk Kümese Gömülmez

Kanatlarım yolundu. Yarasayım. Gecedeyim. Gece mesaisinde yolunmuş ağları diken karasal bir işçiyim. Bize karada ölüm yok - sa üzerimize su sıkın. Devrilmiş biblolar her yerde. Kırık heykel... Kalbi yok... Beyni var. Acı ve tutarsızlık için işlemeye devam ediyor sinir sistemi. Yarasayım. Gecedeyim. Kanatlarımı yolanların plakalarını alamadım; karanlıktı. Karanlıktı göremedim dizlerimi huşu içerisinde kıranları. Gelenek gelenek diye tutturup erkek adamları, kadın kızcağızları anırta anırta yakartanları.

Göremedim. Hep aynı şehirlere kuruldu yaram ve tuz fabrikaları.

Gördünüz de demediniz; karakollara çekildi nice sır; nizamiyelerde vuruldu nice söz; meydanlarda yakıldı nice ruh; gıkınız çıktı da o fısıltıyı bir çığlığa döndüremediniz.

Şimdi yerde yatanları anlamakla meşgulüm. Uçan ve düşen bir yarasa olarak... Stetoskop kullanıyorum ki bir böcek çığlık attığında duyabileyim.

Gazete üretiyorum; cesetler mümkünse üşümesin.

Varım. Fazlaca yokluk hissedenler; bana bakıp çile ve film çeksin.

Davullar pencereleri kırıyor. Müzik, şangırtı burada. Yarasının kanatlarını yiyiniz. Kansere ve bulantıya çok iyi geliyormuş. Öyle diyor televizyondaki doktorlar.

Ne demişti o ünlü şair?

Kuş ölür / Sen uçuşu hatırla/ Mı?

Yoksa

Tavuk ölür / Sen yarım ekmek döneri hatırla / mı?

Yoksa

Yarasa ölür / Sen Batman'i hatırla / mı?

Unutun. Ünlü şairleri, meşhur dizeleri unutun. Bodrum katlarının parmaklıklarından atlayıp beyin kanamasından ölmeyi becerebilen anti-kahramanları hatırlayın. Üniversitede Urduca dili okuyup ileride Jack London'ın korsanlarından, Hemingway'ın matadorlarından, Jules Verne'in astronotlarından biri olmayı hayal eden bakir çirkin çocukları hatırlayın. Beni ve bizi hatırlayın. Biz kanatları ağızlarına verilmiş küçümen yarasaları.

Gecedeyim. Söylemiştim. Fosforsuz bir karanlıktayım. Engellenmiş bir telefon hattından ısrarla Hera'yı aramaktayım. Her defasında telefona Zeus çıkmakta... Panikte, ürküntüde, telaştayım.

Ne kadar da şanssız bir hayvanım. Ellerim yok; kendimi sokak lambalarına asamam. Ayaklarım yamuk yumuk; bastığım yerleri toprak deyip geçerim; tanıyamam. Dudaklarım yok denecek kadar az. İlk öpüşme anım; ilk duvara tosladığım anıyla aynı.

Durumlar kritik. Biz sizi sonra ararız dediler ve Hasiktir aradılar. Bize sen sapıksın, sen manyaksın, sen toplumun sadece ishalken kullandığı lazımlıksın dediler. Bir an bile kuşku duymadık. Anında tiksindik kendimizden. Her birimizden... Kazanın öldüğüne de doğurduğuna, kötü yola düştüğüne de, kokaine başladığına da inandık. Fıkralar bizi ağlatacak hale geldiğinde kara mizahın karasını içlerimize, mizahını dışarıdaki salıncaklara astık. Gülmekten öldük! Gülmekten öldük. Adli tıptan gelen uzmanlar tebessümlerimize ve gamzelerimize oynar başlıklı cihazlarını daldırdılar. Sonrası beyaz loşluk... Sonrası uyanınca başlayan rüya... Sonrası bazı ışıklar hep kendi kendine kapandı.

Gecedeyim. Yarasayım. Duydum ki benim ağzıma sıçacakmışsınız. Katılmıyorum ama saygı duyarım.

Kanatlarım yoluk yoluk... Çirkinlik, vitrinleri patlattı. Dışarıda çizgi filmlerin sirenleri ve evet kahramanlar. Parıldayan, kurtaran, ovalanınca hemen ışıldayan...

Batman'in amına koyayım!

-9- Gregor Tayyar

Tayyar o sabah uyandığında kendini maalesef Gregor Samsa olarak buldu. Dantelli dona kamufle için yapışmış fakat sayısız mücadeleden sonra saklandığı kişinin değil şeyin mahkumu haline dönüşmüş hamam böceği...

Uzun bir süre yataktan kalkamadı Tayyar. Tavan bariz bir şekilde ona bir kadının genişledikçe çoğalan alnı gibi geldi. Alnın üstünde harfler belirdi sonra. C. S. A. U. N. Yer değiştirip. Tavanın alın yazısında sevgilisinin adı yazıyordu. Hala sevgililer miydi? Tam olarak ne olmuştu? Her ilişki sürrealist bir tablonun akan yağlı boyaları gibi biterdi Tayyar'ın zihninde. Geçmiş, yaşanmamış; gelecek var kılınmamış; şimdiki zaman John Carpenter'ın çektiği yaratıklı maratıklı, yapış yapış, iğrenç bir filme dönüşmüştür.

Tavanın alın yazıları Tayyar'ın üstüne damlamadı. Bunu bekliyordu oysa. Banyo faciasından sonra... Ama şimdi temas yoktu. Kokular, Noel babalara değil baca temizleyicilerine inanan varoş çocuklarının akan sümükleriyle birlikte toprağın altına gömülmüştü. Cansu yoktu. Kadın, bir fikir olarak bile yoktu. Kalbin abazanlığı diye düşündü Tayyar. Kalp de sikişmek istiyor. Ama girebileceği tüm mağaralar müze haline getirilmiş.

İnledi Tayyar'ın tüm ses boşlukları... Tanrım bana yasını tutabileceğim bir şeyler ver dedi. Acısız yaşanmıyor. Birkaç sonsuzluk geçtikten sonra aç kalmaya karar verdi Tayyar.

'Bir deney olarak yaşamak' adını verdiği bu çalışmada açlık uyuşturucusunu kullanacaktı. Hem masrafsızdı hem de hem de hem de… Neden olmasındı?

-10- Açlık Notları

Birinci Saat: Burada her şey yolunda kaptan... Ayın sarkıttığı abajurdan güneşin yattığı şezlonga süzülüyoruz. Sağda solda çok acayip melekler var. Göz kırpan, göz yoran, göz çıkaran kutsal melekler... 'Hakim'e gözlük, eline sözlük' diye tezahürat yapan mahkum, provokasyon yaptığı için iki kere asılıyor.

İkinci Saat: Spazm... Kalbim atom bombasıdır. Nagazaki gelsin öpsün beni; Hiroşima sarılsın bana. Bombanın düğmesine basan parmaklar, var oluşumun kıçına acı biberler sürüyor.

Dördüncü Saat: Mide normal... Hava güpgüneşli... Apaylı bir samanyolu... Rakı içenler var; baldıran içenler var. Yüzüne pudra serpiştiren var; kezzap döküştüren var. Pamuk prensesi yalayarak uyandıran prens var; uyuyan güzele tecavüzden serbest kalan var. Ben varım, sen varsın, onlar var. Zamirleri cümle içinde seçemeyen; zamirleri olay yerinde seçemeyen, olayları ve cümleleri zamirlerde yitirenler var. Otellerin kristal yitimlerinde nasıl parladıklarını anarak, ana ana hep ama hep ama anarak küt diye sönenler var. 'Acımız oldu / Çok oldu / İyi ki oldu, iyi ki oldu' diyen bir ses var. Dilini yutarak açlıktan ölmekten kurtulanlar var; bana inat. Garsonları aşağılayanlar, pilotları katledenler, Aborjinleri tarih meraklarının kum saatlerinin içine tıkıştıranlar var. Yırtılan sözleşmeler, karşılıksız çıkan çekler ve aşklar, maç yayınında kesilen hatlar, kendilerini şişleyerek peygamberlerin ameliyatlarına girmelerini sağlayanlar var. Araf yok. Araf yok. Araf yok. Mide normal. Hava pes pespaye, pek peksimet, sek seküler. Alo orada mısın?

Altıncı Saat: Biri şu kemanlardan birini kapatsın. Cereyan yapıyor.

Dokuzuncu Saat: Bir deli gördüm sanki. İşte şurada… Parmağımı ve kemirilmiş ellerimi takip edin; göreceksiniz. Berber posası saçlarını kıvırıp kıvırıp yiyor. Bu kadayıf mmm hiç fena değil diyor. Şerbetini nereden tedarik ettiniz acaba? Tedarik mi? Yani temin demek istiyorum. Temin mi? Yani nereden aldınız diyorum. Bir deli gördüm sanki. Birtakım kağıtların en başında. Damacanayı denize atıyorsun ve ensest ağrı başlıyor. Su, suya ulaşamıyor. Sabaha karşı sıkıntılar var. Çözeceğiz. Çözeceğiz. Önce biri yangın alarmını sustursun. Önce biri yandım alarmını sustursun. Önce biri, hay ağzını sikeyim – sussun. Deli, aynaya karşı... Ayna bana karşı… Bir deli gördüm saki… Doldurmaya devam et kadehin göğün tenine değen ağız uçkurunu.

On İkinci Saat: Acıktım. Salçalı ekmek? Anne sepet sal. Sepetin içinde bardak kırıkları, cadı kıçları, tasolar, futbolcu kartları, gazoz kapakları. Kökmek ne demek? Pardon hanımefendi sana biraz yabancılaşabilir miyim? Pardon, şoför bey şuradan iki pişmanlık, bir nedamet… Eski dil biliyorsunuz demek? Ben bilmem, leşim bilir. Pardon! Pardon! Mide, sen sus, gözlerin konuşsun. Salçalı ekmek? Sürdük onu buralardan.

On Dördüncü Saat: Her şeyi tavuk gören Charlie Chaplin açlığından, her şeyi Charlie Chaplin gören tavuğa metanetli bir şekilde meyil ediş. Yani diyorum ki? Yani ne diyorum ki? Gül babam gül. Göbek çatlarsa belki içinden umut çıkar.

On Yedinci Saat: Günaydın baş dönmesi. Bugün hangi lunaparkta dönme dolap taklidi yapacaksın? Günaydın karnın kıyımı... Bugün giyotin iptal edildi ve kelleler çok ağladı. Günaydın bütünlemeye kalmış yarım yarımlıklar. Ölürken kopya çekeceğimiz kimse yok. Günaydın İngilizce. Theres no light in your eyes / and you brain is too slow... Günaydın Fransızca. Para la queja Mexica / este sueno de America. Günaydın Almanca. Ich bin enttauscht total enttauscht. Günaydın Türkçe. Gözlerinde hiç ışık yok ve beynin çok yavaş. Sızlayan Meksika burası, şu Amerikan rüyası... Ben hayal kırıklığına uğradım, tamamen hayal kırıklığına uğradım.

Yirmi Birinci Saat: Hemşire hanım. Size beyaz badanalı portatif heyula diyebilir miyim? Sevgili pamuk. Yaramdan uzak dur lütfen; kanımı kirletiyorsun. Canım muşamba. Sana sarıldığım o son gece; kara bir kukla tüm iplerimi yedi. Ben bana nasılsın diye sorduğumda, sen O'na iyiyim diyeceksin. Ah yalnızlığın molekülleri derinden sarsan genetik kodları... Hemşire hanım bir dakika bakar mısınız? Sonsuzluk sanırım şu an elimden düşüyor.

Yirmi Dördüncü Saat: Cansu yemiyorum. Cansu, sıçıyorum. Aşk, bağırsak zehirlenmesidir. Akrabalar arasında uzun uzun osurma geleneğidir. Acile yatmaktır. Acilen kalkıp usulca gitmektir. Aşk, sedyenin tabut taklidi yapmasıdır. Dirileri öldürme mucizesi gösteren sahte asalı illegal peygamberdir. Aşk, 'önce önündekini bitir' ikazıdır. Aşk, asla önce önündekini bitirememektir.

Yirmi Dokuzuncu Saat: İçimde kahve ağacı çıktı. Bu iyi. Kafein, başımın harelerini tamir edecek elbet. Sıvı bir kırmızılıktır, şeytan. Her hafta canlı yayında gökkuşağını eleştirir. İçimde, lütufkar bir ağlama duvarı yükseldi. Bu iyi. Odaya girip beni korkutan yarasalardan biri de benmişim meğer. Ayna ayna söyle bana; benden daha orospu çocuğu bir kaptan var mı bu limanda?

Otuz Üçüncü Saat: Ellerim titriyor. Başkalarının elleri de titrer mi böyle? Cehennemin anahtarı dönüp duruyor sokulduğu yerde. Yanışın çilingirleri toplansın başıma. Son duamı küfürler eşliğinde etsinler. Kapı açıldı mı tamam. Atın beni içeriye.

Otuz Dördüncü Saat: Yırtılan jelatin... Boşaltılan küvet... Çok süper oynayan dublör... Sahici bir trans... En büyük Fenerbahçe... Yaşasın Galatasaray... Beşiktaş favorim... Tüm takımları ve dilekleri ve asansörleri aynı anda tutuyorum. Ortada kalan pişmiş hiçliği bu benim bol baharatlı salamuramdır deyip sahipleniyorum. Neredesiniz ey mali müşavirler, kül tablası satıcıları, bir zaman omzumu seven tüysüz şövalyeler?

Otuz Yedinci Saat: Odanın tavanına bakıp saati söyleyebilen bir garip kaşif oldum ben.

Otuz Dokuzuncu Saat: Rüyamda bolca yemek gördüm. Tereyağı şeffaf simgeler gibi parıldayan iskenderler; rakı-balık masaları, mezeler ve diğerleri... Bir yemek olarak hayatın mutfağında doğdurulmak isterdim. Ebem, aşçı başı olurdu. Tek öğünlük bir atıştırma ya da liberal tosunlar için ana yemek... İnsan olduğumdan emin olmak için nabzımı kontrol ediyorum. Evet! Atıyor.

Kırk Birinci Saat: Kırk bir kere inşallah... Duvarda birbirine yürümeyi öğreten yaratıklar var. Kırk bir kere cinşallah... Oyun arkadaşı kaydırak olan çocukların doğum günleri, nükleer fizibilite raporları gibi geçiyor. Kırk bir kere binşallah! Seksek kutucuklarına mayınlar döşeyen ayak bilekleri hatır hutur kaşınıyor. Kırk bir kere pinşallah! Hatalıysam aramayın lütfen. Telefonumu duvardaki yaratıklardan biri yedi.

Kırk İkinci Saat: Bugün günlerden hangi domates? Yarın hangi pazardan buz satın alacak kafası kıyak penguenler? Dün bugünlere hangi nakliye şirketinin kalitesiz hizmetlerini tuttu? Takvimi duvardan indir ve zamanın kaprisini sıfıra indirge.

Kırk Üçüncü Saat: Knut Hamsun geldi bugün bize. Kesinlikle iyi bir adam... Kokan çoraplarını saymazsak... Çay ikram edeyim dedim; kabul etmedi. Milkshake var mı dedi. Çilekli olanından. Çıkıp marketten aldım. Süt, toz ve buz hemhal oldu. Karşılıklı milkshakelerimizi yudumlarken Danimarka'nın soğuklarından, iyi bir bahçe yetiştirmenin zorluklarından, Timuçin'in şu ayakkabıları koklarken yakalanmasından bahsettik. Gömleklerimizi sıyırıp karınlarımızı karşılaştırdık. Şu kemiği görüyor musun dedi. Çürüdüm ve onun nefes almasını sağladım. Şu kemiği görüyor musun dedim. Çürüdüm ve bu beyazlığa iman ettim. Bugün Knut Hamsun geldi bize.

Kesinlikle iyi bir adam... Olmayan ayaklarını saymazsak...

Kırk Beşinci Saat: Allah, Tanrı ve Yehova, üçü bir olup beni kandırdılar. Yeryüzü işine beni bulaştırdıklarında seni önce mübarek bir derviş sonra tıraş köpüğü ve losyon nedir bilmeyen bir ermiş yapacağız dediler. Öldüğünde de 'yatır' olursun, oh mis dediler. Sonuç ortada... Ecelin memuruyum şimdi... Kokularla akciğerlerini doyuran talaş birikintisiyim. Çılbır yemeğini 'çıldır' diye okuyan mutfak ifrazatayım...

Kırk Sekizinci Saat: İki gün geçti. Peh! Bana bir şey olmaz. Çanakkale hatırası tahta biblo Truva atının içine girecek kadar küçüğüm çünkü. Bu kadar küçüğünü en fazla ezip posasını çıkarabilirsiniz. Ama onu anlayıp sevemezsiniz. Anlayıp sevmekten sonra; bilmemek ve tiksinti geliyor. Bunlardan sonra da ben gelirim. Kapıyı açarım ve yatağımın üstünde 'kimse beni anlamıyor ühüüüüüü' diye ağlayan şişme kadına sarılırım. Şişme kadın canlanmıştır. Şişme kadın ağlamaktadır. Şişme kadın lalezarımdır. Koklarım.

Kırk Dokuzuncu Saat: Tansiyon düşerse ses çıkarır mı? Benimki çıkarıyor. İniltiler, uyuşmalar, bir kerpetenin ağzında sıkışmışçasına viyavlamalar... Açlık, yasal uyuşturucuymuş bildim. Ne güzel... Dünyanın yarıma yakın kısmı kafası iyi ölüyor.

Ellinci Saat: Kötü kabus. Mastürbasyon yaparken anneme yakalanıyorum. Annem, sonra sırtlana dönüşüyor. Yanıma gelip çıplaklığımı kokluyor. Leş gibi kokuyorsun, leş gibi... Leş gibi kokanları ne yaparız biz, biliyor musun diye soruyor. Kafam ağzının içinde. Sonrası çilek reçeli yiyen mutlu ben görüntüsü... Sonrası doğumdan önceki ben'in boşluk döngüsü... Bir yuvarlak, bir üçgeni anlamaya çabalarken son sürat katılaşıyor. Suyun kaynama noktası, kaynamanın Tayyar noktasıyla birlikte bir cümle oluşturuyor. İki nokta yan yana... Dil bilgisine aykırıyım.

Elli Birinci Saat: Hamlet, eline midemi alıp büyük soruyu patlatıyor: Olmak ya da olmamak... Sahneye domates, sutyen, bıçak ve kuru kafa fırlatıyorlar. Yuhalamalar... Hamlet sahneden bir güzel indiriliyor. Yerine ben geçiyorum. Elime midemi alıp minik soruyu patlatıyorum: Ölmek ya da ölmemek, işte bütün mesafe bu! Midemi ağzımda çiğnerken yemek borumdan içeri tükettiklerim geliyor. Kazık yemek... Hapı yutmak... Zokayı yutmak... Bunlar iyi tanımlamalar. Artık aç bile değilim.

Elli Üçüncü Saat: Yerdeki cam parçasını buz dağı zanneden karıncanın kendini Titanic sanması... Tuhaf alegorilerin devasa rıhtımları suyla boğan zincirlemeleri... Çok öbekli, bol proteinli, az göbekli, yedi cüceli, hiç kraliçeli... Balkona çıkıp geceyi kokluyorum. Artık eminim. Fragmanını annemin rahminde izlediğim dünya, bu değildi. Fenerini yüzüme tutan yer göstericisine kim saldıracak?

Elli Yedinci Saat: Cin ve garabet işleri birbirinden ayrılıyor. Uçuşan molozlar her yanda. Kimyasalla örselenmiş teknolojik programlar var. Harfe zehir döküldü, kelimeye virüs girdi. Yumurta için etini satan tavuk riyakarlığı... Verdiğimiz kilolar şehrin atmosfer çöplüğüne dökülüyor. Beni uzaylılar kaçırsa, dünyayı rayından çıkmış yataklı tren, trenli tımarhane, tımarhaneli gazino belleyip koca gezegeni mühürleyecekler.

Altmışıncı Saat: Beynim şişti. Sıtma nöbetleri kesintilerle devam ediyor. Askere alındım; çalışmayan tüfeklerle düşman kolluyorum. Astronot oldum; yerçekimi kanununu ve 'kendi düşen ağlamaz' kelamını barıştırmaya çalışıyorum. Kendi dirseğimi yalayamadığım için değil bunu denediğim için zayıfım.

Altmış İkinci Saat: Cansu hala aramadı. Evden çıkamıyorum. Terazi kendi üstüne kapandı. Mutfaktan ayak ve böğürtü sesleri yükseliyor. Yükseliyor. Ve tavanın rutubet çalışmasını 21. Yüzyıl sanatı ilan ediyor. Balans bir göz yanılgısıdır artık. Direksiyonu kalbe doğru kır ve çarpacağın bulvar taşını çarparken sev.

Altmış Beşinci Saat: Cellada gülümseyerek değil celladın karşısında altıma işeyerek tarihe adımı küflü harflerle yazıyorum.

Altmış Dokuzuncu Saat: Dünya, bana sırt çevirdi. Ona kibar bir şekilde masaj yapamayacağımı söylemek zorundayım.

-11- Yüz On İkinci Kavga

Zil çaldı. Kapıdır bu. Gelen Cansu'dur... Converse ayakkabılarıyla içeri dalar. Kalan eşyalarını almaya gelmiştir. Siniri burnunda titrer. Ben kapıyı kilitler, mutfağa koşarım. Ağzıma kaşar dilimleri, sucuk parçacıkları, ekmek kırıntıları atarım. Hayatta kalmak için ayakta kalmalıyım diye reklam sloganları üretirim. Yalvarmaya başlarım.

Diz çökerim. Apandisitini narkoz yemeden aldıran zeybek olurum. Ayağa kalkarım; titrerim. Franco'nun askerlerince kurşuna dizilmiş coğrafyaya şapşalı bir Laz uşağı olurum. Beyaz gömleğim ter içinde kalır; ağzım tuzlanır; suratımda histerinin anatomisi niteliğinde bir saçma gülüş... Balkanlardan rüzgarlar eşliğinde kovulmuş Trakya cengaveri olurum.

Cansu mis gibi dışarısı kokmaktadır. Dışarısı kaç kilometre uzaktadır? Cansu, şimdi buradadır. Cansu'nun şimdi burada olmayan zamanlardaki varlık parçaları kaç fit yukarıdadır?

Gitme derim. Modern arabesk bunu gerektirir.

Cansu, gitmez. Şaşırırım.

Oysa, Cansu'lar gitmeleri için üretilmiş oyuncaklardır. Fabrikalar, Cansular gitsin de yenilerini satabilelim diye gece – gündüz çalışmaktadır.

Kavrarım Cansu'nun mis gibi kokan belini... Kot pantolon, adeta kendiliğinden düşer. Sevişmeye başlarız.

Birbirini dul bırakmaya yeminli iki böcek gibi. Ağlar, pörsür. Tansiyon sabitlenir. Ekg, yüzeyin haritasında darmaduman çizilir. Ah kalbim! Sadece sevişirken ve katledilirken bu kadar büyüksün!

Ter ve döl, yatak ülkesinin uçucu sınırlarını belirler. Cansu, ayakucuma düşer. İki madalyasız gazi; iki çıplak şövalye, iki Don Kişot'suz bırakılmış değirmen...

Sonra kazanmanın can sıkıntısı... Devlet başkanlarının başarı öyküleri kadar durgun bir kar manzarası... Yağınca çamura karışıp çamur olan o beyaz iklim şekli... Yağsa galibiyet... Yağmasa tam yenilgi... Hangisi daha güzel?

Cansu, uyuyakalır. Hafiften horlar. Gerçeklik kesintiye uğradığında bir kaba fantazya, bir ciğerlerine kadar kokan mistizm başlar.

Tayyar, uyuyamaz. Gövdesini, Cansu'nun çıplak yüzünden sıyırıp ellerini kafasının arkasına atar. Tavan siyahtır. Monolog haşlanmıştır. Cızz eder.

-İstediğim bu muydu? Bu kadın mıydı? Bu çarpık ayaklar, bu ellerindeki bayrakları inip kaldıran istasyon şefleri gibi darmadağınık şekilde inip kalkan göğüsler miydi?

Mutluluk ile mutsuzluk arasında dokunan mekikleri satın almak isterdim. Ve onları en münasip kuyuların dipsizliğine boşaltmak! His, bizi yanılgılara sevk eden bir deterjan reklamıdır. Köpürtür, kire kir ekler. Kanlı kırmızı gecelerde ruhlu beyaz atletler çıkar çamaşır makinelerinden. His, bizi yanılgılara mektup yapıp yollayan posta memurudur. İşten evine hiç dönmez.

Yağmur yağar, seller akar. İzci kampları dağıtılır. Ateş, söner. Ateş bulunmuştur, ateş kaybedilir. Eline yamuk bir gökkuşağı tutuştururlar, tabiata karşı gaza çağrısı yaparlar. En büyük ganimettir, hayatta kalmak.

Tayyar, genizden gelen, genizde çoğalan ve genizde kalan bir çığlıkla Cansu'yu sarsarak bağırıyor:

-Neden buradasın ha? Neden burada değilsin diye anırdığımda neden burada değildin de; şimdi neden buradasın diye soracağımı bile bile buradasın di mi! Seni aşağılık cadı! Seni kasti faul! Seni profesyonel zilli!

Cansu, dişi kedilere özgü bıyık burkmalarla 'Aşkım, hadi gel uyuyalım' diyor.

Tayyar, hiddetle ayağa kalkıp odayı terk ediyor.

Salonda genizden çıkan çığlık adi avizeleri titretiyor!

-Damarım yok. Serum veriyorsunuz bana! Damarım yok. Serum veriyorsunuz bana!

Bir süre duman ve sis ve bulut yoğunluğu... Düşünceler, eşyaları hareket ettiriyor. Anti-kahramanımız muğlak pislikleri eyleme dökmeye hazırlanıyor. Telefonunu eline alıp hatunlara tek tek masaj atmaya başlıyor:

-Bu sabah kutsal fahişem, kasık hemşirem, ter fabrikam olmak ister misin?

Doğrusu, kaliteli bir sapıklık örneği… Tanıdık tanımadık yaklaşık 20 ayrı kadına bu mesajı gönderiyor. Cevap beklemeye başlıyor.

Salonun dört duvar çarpımında, karanlığı ısıtan voltalar atıyor Tayyar. Bir ara aklına bir fikir gelmiş gibi durup Cansu'nun yattığı odayı dinliyor. Derin soluklar… Şişen gece nabzı… Ve natüralist filmlerde görülebilecek bir gürültü… Cansu, çatır çatır osuruyor! 7 saniye, tarihin ilk mağarasından bir ayı gümbürtüsü… Göt deliğinden yükselen kaba Vivaldi… Cansu'nun yattığı odada Mozart'ın bağırsakları deşiliyor. Heyhat! Bu iğrençlik, Viyana saraylarının ve Tayyar'ın yıkımıdır. Anal dönem, ossura ossura Freudları ağlatıyor.

Mesajdan gelen bip bip sesi Tayyar'ı kendisine koşturuyor.

-Saat 7'de sendeyim. / Çağla.

Günün hayatta kalan horozları güneşe doğru üüüüülerken Çağla, süper mini eteğiyle Tayyar'ın kapısını çalıyor.

Kahve içer misin? Hayır.

Süt içer misin? Hayır.

Sevişelim, gideceğim hemen. Tayyar'ın istediği bir tür hayvanlık bu... İçindeki yarasalar kanat çırpmaya başlıyor.

Kısa bir dudak sürtüşmesinden sonra giysiler çıkartılıyor. Kısa yalanmalar… Dil atakları… Genitalin inci parlaklıkları... Tayyar, Timuçin'e özenerek köpek gibi yalıyor Çağla'nın vulvasını... Çağla, kendinden geçip güzel güzel inliyor.

Tayyar düşünüyor, düşlüyor. Şimdi seslere yan odada uyuyan sevgilim uyanacak. Bizi basacak... Rezalet, kıyamet, sur borusu, İsrafil, kıyamet, ben, o, onlar, her şey boş, haz var, hazzın sönümü, yakalanış, tutuklanış, mahvoluş... Uyan sevgilim ve beni bas! Beni bas ki, acı yükselsin ve diyaliz makinesine aşık bir adet böbrek olayım. Kıymalı böbrek! Haha!

Beklenen olmuyor. Daha sert bir şey lazım bize! Ey penis! Dikil ve yüceliğini muhafaza et!

Çağla'nın bacaklarını omzuna atıp üçgen denizine hazır teknesiyle giriyor! Gözlerini kapatıp denizi ve tekneleri ve bir anda kabaran fırtınayı düşlüyor. Çağla, biraz yavaş diye inliyor. Daha da bağırsın diye köklüyor Tayyar! Ah erkeklik, bir tek sevişirken işe yarayan cismani şeytan!

Fakat, Cansu bir türlü uyanmıyor! Tayyar, boşalmak üzere... Boşalmamak için pokemonları, amigoların sigara kokan pardösülerini ve doğum yapan anneleri ve hastane hademelerini düşünüyor. Olmuyor. Olamıyor. Tayyar, infilak ediyor ve tekne kırık dökük ve deniz pek katı ve Çağla'nın karnında iğrenç likit...

Çağla, peçete istiyor. Çağla, külotunu istiyor. Çağla, çantasını istiyor. Çağla, gitmeyi istiyor. Gidiyor.

Tayyar, ne yaptın sen şimdi?

Ne yaptım ben? Köpek balıkları için akvaryum tasarlarken elimi olmayacak gel-gitin kumsalına daldırdım. Elim, kumun dibinde kaldı; kolum bana saldırdı.

Çağla, gitti, ben kaldım. Cansu, osurdu, ben kaldım. Kalakalmak çifte kalmak mıdır? Dilbilgisi hatası mıdır? Bir insan aynı anda kaç kere kalabilmekte midir? Tayyar, sen insan mısındır?

Kapı çalmaktadır? Gelen kim ola ki? Açıyor Tayyar. Bir bakıyor Timuçin. Benim bir önceki ve bir sonraki halim... Şimdimin ziyanlığından ortaya çıkan başka versiyon... Bir tür kuantum tuzağı... Siktir oradan.

Kendinize hoş geldin derken; size hoşça kal diyen kendinizden asla ve asla ve asla kaçamazsınız.

Timuçin, içeri girip odadaki nesnelere başıyla selam veriyor. Dördüncü adımdan sonra halının ucuna takılıp curcunalı bir şekilde sendeliyor. Tayyar, burnunu çekip 'Sakar olduğu için, sırf sakar olduğu için doğmuş bebeklerden biri' diyor.

Timuçin, efendim diyor.

Efendiler götürsün seni diyor Tayyar. Niye geldin buraya!

Birincisi benim kadınımı siktin az önce. İkincisi benim öykümde cirit atıyorsun. Üçüncüsü içeride uyuyan kadına haksızlık ediyorsun.

Birincisi şu saatten sonra hiçbir kadın bizim değil. Biz olsak olsak birilerinin erkeği olabiliriz. İkincisi gerek uzunluk gerekse nitelik bakımından öykü değil romanın içinde olabiliriz. Üçüncüsü içeride uyuyan kadının içi çürümüş. Aşkın ölümü, osuruktan teyyare!

İğrençsin Tayyar! Biraz romantik ol. Birini öldüreceksen de şömine ateşinin önünde...

Odunla kafasına vurarak değil mi? Onu minik ateş çatırtılarına atarak değil mi?

Aynen öyle. Aynen öyle.

Ben katil değilim Timuçin... Beni kendinle karıştırma!

Bizi birbirimize karıştıranlar utansın!

Aytaç Ars utansın.

Onu öldürdüm ki ben!

Sen öyle san!

Cansu, uyanıyor. Gerinerek, kedi yemiş kedi gibi salona patiliyor.

Merhaba Timuçin... Merhaba Tayyar.

Katışık ikizler cevap veremeden Cansu'nun gözleri büyüyor, büyüyor. Timuçin, Cansu'nun Ruhnaz halini gördüğünü sanıyor. Tayyar, garibim sanamıyor bile.

Cansu'nun bakışlarını takip ederek mor bir sutyen görüyorlar. Çağla'nın sutyeni bu...

-İlahi Tayyar! Görüyorsun bunu burada; neden kaldırmıyorsun? Bak arkadaşının yanında!

Hırsla sutyeni alıp ayaklarının altında çığlıklar döverek odaya geri dönüyor Cansu! Kapının kilit sesi…

Tayyar ile Timuçin birbirlerine bakıyorlar.

-Reyona doğru ilerlersin. Sen kocaman poşetlerde trajedi satın almak istiyorsundur; sana küçücük bir pakette bir adet teşhir ürünü dram kakalarlar. Böyle işte Timuçin… Tarihin büyük acıları içinde olamayacak kadar çok acı çekiyoruz.

12- Bin İki Yüz Elli Altınca Kavga

Bir kafedeyiz. 'Bizler yemek yiyen ölüler miyiz' diye soran Jim Carrey'e destek manasında bizler kivili oraletler içen ölüleriz. Canımız sıkılmış, akmış, masaların altında küçük gölcükler titreşiyor. Tepemizde uzay, kirli lacivert desenleriyle bir yanılsamanın yukarı kaldırılmış hali... Yıldızlar yok. Hiç olmadı.

Cansu, tuvalete kalkıyor. Bir kere daha yalnızım. Ya da tekil diyelim şuna. Kendi kendime, kapanmış tavlaya; yan masada oynanan tavlaya, dışarı oynanan büyük oyunlara doğru sayıklıyorum.

Uzaya çıkmak istersin; seni maden ocaklarına kilitlerler.

Sırtını kaşıyan mutluluktur; ama asla yüzünü göremezsin kendisinin.

Hükümetler düşer; koalisyonlar dağılır, koalalar katledilir. Olan hep sana olur. Öğretmenlerin, öğrenci sıralarında arka taraf, arka taraf diye bağırdığı sensindir.

Şah mat damarı... Oyun bitti. Pullar dağıldı.

Fil, çapraz ateş altında... Kaleler, dümdüz yakılıyor. Filler, L şeklinde değil 'Z' şeklinde hareket ediyor. Bir alfabenin son harfinde dağılıyor hücreler.

Şah mat damarı... Rakibin sıradaki hamleni tahmin etti. Balkondan atlayacaktın; kapıyı kilitledi. Kendini kumlara gömecektin; denizi içti bitirdi.

Şah mat damarı... Oyun bitti Tayyar. Damarını hayata kiralamıştın; evi tutan ölümün kendisi.

Cansu, tuvaletten geliyor. Sabun kokusu... İşedi ve geldi. Vücudundaki gereksiz suları, bilinmeyen bir yeraltının atık merkezine pompaladı. Artık daha rahat... En azından bir süreliğine...

Gözünü dik dik sarkıtarak bana bakıyor. Eee şimdi ne yapacağız? Sevişemeyiz; reglim... Sinemaya gidemeyiz; filmler berbat. Kitap okuyamayız; her yan pek gürültülü... Muhabbet edemeyiz; kelimeleri az önce alıp götürdüler. Kavga edemeyiz; daha yeni, daha yeni, daha yeni ettik. Evlere dağılalım en iyisi... Özlemek, korsanların gemisiyle birlikte battı. Sevda, çok satan arabesk kasetlerin piyasa merkezli kliplerinde kaldı. Kendimi süper olmayan Mario gibi hissediyorum. Sürekli, ilk levelde zıplarken çukura düşüyor; yeşil kaktüs yaratıklarınca yeniyor ve prensesi kurtarma hayallerim, evin babasının 'kapat artık, geç oldu' demesiyle suya düşüyor.

Süper olmayan Mariolar ve şah damarları... Saatin akrebiyle atan nabzın düetini dinlemeye kimse gelmiyor.

-Sen benden iyice sıkıldın Tayyar!

- Ben evrenden sıkıldım.

-Ben de evrenin içindeyim.

- Tartışılır.

- Ne demek bu?

- Evren, daha çok dışarıda kalmış gibi geliyor bana. Ve buna rağmen, bunca dışsallığa rağmen ondan ölesiye sıkıldım. Dış kapının mandalları, içli köfteler, Orta Batı derken; sen tuvaletten çıkıp benden sıkıldın deyince; evren bana bir mesaj gönderiyor: ''Siktir git.' Ben de ona diyorum; sana gelmedim ki gideyim. Evimin önünden Mecidiyeköy otobüsleri geçse de yetmiyor, yetemiyor.

- Sen kafayı yemişsin!

-Doğrudur!

-Sen cidden kafayı yemişsin!

-Şaka yaparak da yedim. Kaka yaparak da yedim. Yoga yaparak da yedim. Her türlü yedim. Kafam, bana girdi. Öğretmen sordu; neden ödevini yapmadın. Öğretmenim; dün gece kafalar kesikti. Komutan sordu: Nöbette neden uyuyordun; komutanım kafalar rüyalar alemine itildi. Aile sordu; oğlum neden senin işin, maaşın, kariyerin yok; aileciğim kafalara yıllık izin ücretsiz olarak tahsis edildi. Sevgili sordu; kafayı ne zamandan beri yiyorsun; kafa kağıdıma kafiyesiz şiirler yazalı beri.

Cansu, gitmeye yelteniyor. Bileğinden tutuyorum. Evet, ben bir zorbayım. Ama iki insanın konuşurken birinin pat diye gitmesini de komik buluyorum.

-Gitme. Diyorum en Marlon Brando sesimle.

-Biz bittik Tayyar. Biz bittik.

Oturmasını sağlıyorum. Oturmasına neden oluyorum. Yuttuğum bütün kivileri kusmak istiyorum.

Gözüm, neden sonra, zavallı gözüm kül tablasına takılıyor. İki izmaritin arasında uçuşan sineğe... Minimalist Avrupa sinemasında olsaydık metaforlar falan yüklenebilirdi belki. Ama o an bu görüntü; sadece midemi bulandırıyor. Sineği; kendimden; kül tablasını sinekten kurtarmalıyım diye düşünüyorum. Tablayı ters çevirip içindeki pislikleri azat ediyorum. Bir iki sallayıp tozun ortasından kül tablasını cebime atıyorum. O benim! O benim!

Cansu, şaşırmış; bana bakıyor.

-Sen ne yaptığını zannediyorsun?

Cevap verilmek için açılan ağzım; gelen garsonun çatılmış kaşlarının arasında kuruyor. Nefes aldığımız yerden konuşma yapmak zorunda kalmak... Bu da bir tür savunma...

-Beyefendi. Kül tablaları kafemize aittir.

-Yani.

-Lütfen yerine koyun.

Cansu'ya dönüyorum.

-Beğendin mi yaptığımı?

Garsona dönüyorum.

-Beğendin mi yaptığımızı?

Evrene dönüyorum.

-Beğendim mi yaptığımı?

Cansu, ayağa kalkıyor. Ben ayağa kalkıyorum. Cennetten kovulmuş melekler, ofisten kovulmuş memurlar, ana rahminden kovulmuş bebeler, ağaçtan kovulmuş kozalaklar ayağa kalkıyor.

Cansu'nun peşinden gideyim diyorum. Bırakmıyor. Bırakmıyorlar. İki kişi oluyorlar. Garsonların çay ve ter ve hizmet kokuları başımı döndürüyor. Cansu, giderek uzaklaşıyor.

-Bakın. Hepimiz profesyonel insanlarız. Yani uzun zamandır hayattayız ve akciğerlerimiz bile anladı ki bu gezegen kıymetli bir yuvarlaklıkta. Yani bu kül tablası; benim için simgesel bir avantaj; manidar bir nostalji; 'mazi kalbimde yaradır' tarzı bir stil olabilir. Ölüm var lan bu dünyada! Aha sevgilim de gidiyor. Siz de kül tablası kül tablası!

-Beyefendi. Lütfen kül tablasını yerine koyun. Tatsızlık çıkmasın.

Garsonlar 3 oluyor.

-Koymuyorum! Hesabı da ödemeyeceğim. Bu kül tablası; bana anneannemden kaldı! Ruhunu şeytana satarken karşılığında kül tablalarını dağıtmak zorunda kaldı. İşte netice! Kaderin demir döngüsü onu teeee buraya kadar getirmiş! Ben hırsızlık yapmıyorum! Hakkım olanı alıyorum! İşte o kadar.

Cansu giderek uzaklaşıyor. Cesetler soğuyor; mikrofonlar bozuluyor; kül tablaları sineklerin tecavüzüne uğruyor. Daha fazla tahammül edemedim. Garsonlardan biri omzumu sarsınca kül tablasını kafasına indirdim. Kan. Tablalarda, duvarlarda, her yanda... Kırmızının bedavaya getirilmiş badanası... Kafadan akan mis gibi çilek reçeli...

Koşmaya başladım. Cansu ve saadet fazla uzaklaşmış olamazdı.

Koştum... Bacaklarım yırtıldı. Psikolojim yırtıldı. Anafor; dalgaları evlat edindi; okyanusum yırtıldı.

Koştum. Kadınlara ve çantalarına ve iğrenç parfüm kokularına çarptım. Yumurtasız çırpılmış kahverengi bir omlet oldum. Koştum; cadde köşelerinden yükselen berbat vokalli müziklere, pişmanlıkla parlayıp sönen nişan yüzüklerine, depremin kendisini titreten çatlak kolonlara çarptım.

Cansu, fazla uzaklaşmış olabilir. Uçakların kilometre sayaçlarında yenilip yutulmuş bir rakamcık olabilir. Kendimi cep telefonu reklamları gibi hissediyorum. Sevdiceğim yanımdaymış gibi onunla konuşmak... O sanki buradaymış gibi vakit geçirmek... Öyle ya faturalı olsun; kontörlü olsun tüm hatlar; 'gibi' edatının gerçekliğini kulaklarımıza dayar. Telefon sarılmayı engelleyerek; sarılacakmışsınız gibi yapar. Cansu ve

Tayyar ise; kontöre paralar harcamadan; faturalara nakitler döktürmeden bu uzaklığın sahici sahteliğine varır.

Ara sokaklara, arka sokaklara dalıyorum. Ölülerin kiraladığı dairelerden ateş böceklerini ürküten solgun ışıklar... Balkonlarda beyaz çamaşırlar; klişe umacılar... Amına kodumunun sokaklarında kayboluyorum. Asfaltın burnumu tıkayan gri alerjisi... Öksürük ve ciğerlerde yanırtılar...

Daha fazla devam edemezdim. Bulduğum ilk ışığa; gece lambasını yitirmiş bir yarasa gibi yanaştım. Karşıma vitrin çıktı... Vitrinin karanlığı, dükkanın bizzat 'gece' sattığına delaletti. Yüzeysel bir nefes aldım ve bekledim.

Ta ki Timuçin'in eli koluma değinceye dek...

Döndüm arkamı; Timuçin... Bıyık bırakmış... Yaşlı köpek dedim içimden! Seni yaşlı, hınzır köpek...

Timuçin, dostça gülümsedi.

Konuş dedi. Konuş ki alem yarasa görsün!

13- Yarasayı Vurmasınlar

Hay ben sizin köpürtmeyen şampuanlarla ovduğunuz beyinsiz kafataslarınıza sokayım. Günah çıkarır gibi sevip sevap satar gibi ayrılmalarınıza olmayan pazularımı daldırayım.

Ben sizin bağırınca kahraman, kaçınca korkak, susunca haksız, ağlayınca güçsüz zanneden önyargılarınıza koyayım.

İnsanı çığırından çıkaran çığır açıcı saçmalıklarınıza çığ gibi büyüyen deliliklerimi kaktırayım.

Ben sizin, bana değen yerlerinize değdireyim.

Ben sizin, bana çarpan taraflarınıza çarptırayım.

Deterjanla temizlenmez ruh. Üç beyazınız tek siyahımdan uzak dursun.

Ben sizin uzaktan akrabanız, uzaktan kumandanız… Şimdiden düşmanınız kalayım.

Yokluğum yokluğunuza armağan olsun.

Tayyar, öğürerek kusuyor. Boğazından yerküreye plastik bir yarasa dökülüyor. 1, 2… Tam 3 tane…

Timuçin, bunlar sana doğum günü hediyem. Sevdin mi diye soruyor.

Cevap olarak Tayyar havlıyor.

Yerde huzuru bulamayan köpek – insan; gökte kendi ürettiği helikopterlere yetişemeyen; buna karşın durmaksızın kovalayan yarasa- insan…

Yerin hizasında ve havada asılı kalıp hayatta kalamayan Timuçin ve Tayyar'dan sonra yerin altına girecek biri lazım.

Timuçin – Onu biraz sonra anlatacağız.

Tayyar – Benden sonra gelecek olan; benden bana geçmiş olandır.

Timuçin – İsmini ne koyalım?

Tayyar – Tarık olsun!

Timuçin – Kafiyeli olur.

Tayyar – Kafiye, acıyı yumuşatan sanatsal kaygıdır.

Timuçin – Varsın, olsun.

Tayyar – Yok olalım, olsun.

Timuçin – Ama önce Cansu'dan kurtulmamız gerek.

Tayyar – Onu öldüreceğim!

Timuçın – Hayır. Hiç estetik değil.

Tayyar – Hay aksi… Etik de değil!

Timuçin – Öyleyse ne yapmalı Tayyar?

Tayyar – Ne yapmalı öyleyse Timuçin?

Tarık – Merhaba. Ben geldim.

Timuçin – Sen çekil şimdi!

Tayyar – Dur bitiyor sancımız!

Timuçin – Evet ne diyorduk sevgili sonram Tayyar!

Tayyar – Benim sevgili sonram Tarık, konuşturmuyor ki sevgili öncem Timuçin…

Ağrı, başlara üçlü prizden giriyor. Çamlak çömlek patlıyor. Oyunun fasulyeleri saklandıkları yerden unutuluyor. Ebelerin yarım gözle yumdukları oyunda sobeyi körlüğün kendisi yapıyor. Ve şimdi yine karanlık…

Timuçin – Öldüreceksin. Ama kendini.

Tayyar- Fakat nasıl olur?

Timuçin – ''Kendini intihar etmek'' tabirini kullanan cahil ağızları bilirsin. Sen bilgece 'kendini onun üzerinden intihar edeceksin.'

Tayyar- Açıklayın lütfen!

Timuçin – Onun ölmesini sağlayacaksın. Ama asıl ölen sen olacaksın. Uçurtmayı elinden kaçırıp gökyüzüne sonsuza dek el sallayacaksın.

Tayyar – Şiirim kağıt üzerinde bitecek. Dudaklarda uçuk olarak devam edecek.

Timuçin – Kuşun butlarından yahni yapılacak.

Tayyar – Kanatlarından pırr pırr uçak!

Timuçin – Uçucu düşüş... Uçucu düşüş... Devrilenin üstünden atlayış... Sıfırda biten matematik... Sessizlikle dağıtılan edebiyat... Cetvel kıran mimari... İki kişiyi birden oyundan atan hakem... İtiraz eden kale direkleri... Cansızlık... Ölümün biricik putu... Ölümsüzlüğün bir numaralı şifresi... Silahı gölgesine çeken kovboy; atını seven kovboy, atıyla beraber attaya giden kovboy...

Tarık – Merhaba. Ben geldim.

Timuçin – Birkaç bölüm sonra canım. Birkaç bölüm sonra...

Tayyar – Sen de git artık Timuçin... Öncem elimden tutunca sonramı bok edemiyorum.

Timuçin – Ziyanı yok. Biz, insanlığı mahvetmek için piyasaya sürülmüş hayvan herifleriz. Haha!

Timuçin, göz kırpıp yok oluyor. Tarık, ayak seslerini cebine tıkıştırıp kayboluyor. Tayyar, vitrin camına hohlayıp en kalın parmağıyla uzun uzun bir şeyler yazıyor.

Uzaktayız. Yazılanlar, görünmüyor.

-14- Bu Tayyar da Burda Bitmiş

Turuncu, mavi, yeşil haplar... Elde titreme asaları... Bilek, kabarmış; biraz daha damar var mı diye soruyor.

Haplardan üçünü birden atıyoruz... Üçer adet... Bana ve Cansu'ya... Birazdan moru gökkuşağına sokacağız. Birazdan Pi sayısını aritmetiğin göbeğine akıtacağız. Binalar havaya uçacak; havanın kendini dışlayan atomuna akıtılacak.

Oooo gölgeler saydamlaştı bile. Birazdan salon dışarı taşar; yerine gökdelen inşaatlarının yükseklik korkulu işçilerini alırız içeri. İşçiler mazot ve korku kokar. Biz içilerek tüketilmiş kolonya ve iğdiş edilmiş ciğerler kokarız. Önce sarıl bana ama. He benim güzel sevgilim... Bir yoksunluk sendromu, bir ayrılık otları, bir ölüm icadı... Adımıza türküler yakmayacaklar. Türküler sulayacaklar. Islak hezeyanlarız çünkü. Küvetlerle gömülen duşa kabin kaçkınları olacağız. Genç çiftler, yeni evlerine taşınmadan önce müstakbel banyoları için bizi yoklayacaklar.

Mavi hap... Hırkanın tüyüyle başını döndürdüğü rüzgar... İç Anadolu'nun sıkışmış hacmindeyiz. Birbirimizden, birilerinden, birdirbir oynayan hergelelerden fena bezdik. Ağzımızın yarısı suskunluktan oluşma; diğer yarısı kayıp... Elektro şok tedavisine yanıt vermiyor beyaz fiş... Kablolar, buluta yakın bir tavanda timsahlara özgü sinsi hüzünle sadistçe titriyor...

Turuncu hap... Güneş, bir yıldız değil; meleğin başından atıp kırdığı hare... Çember daralıyor. Birazdan buradan ayrılacağız... Sahneyi hademelere bırakacağız. Kirli süpürgeler zeminleri hıncahınç boklatacak... Alkışsızlıktan tırnaklarını yiyor epik tiyatro.

Yeşil hap... Cansu, titriyor. Sevgilim, diyor. Pişmanlık o kadar yoğun ki yapmadığım şeylerden ötürü bile üzgünüm. Ben senin yapamadığın yegane onarımım Cansu... Ama seni çok seviyorum... Vallaha çok seviyorum!

Cansu'yu eve getirmek zor oldu. Geberiyorum; mahvoluyorum dedim; tınmadı. Hastaneye kaldırılacağım; son kez görüşelim dedim; inandı. Oysaki hastane zaten içimde... Bakınız sus işarcti yapan hemşireler; bakınız ameliyat anırtıları; neşter fazlalıkları; tek tekerlekli morg masaları...

Gözlerindeki elaya baktım. Aşıktım bu kadına. Nefret ediyordum bu kadından. Onun için dik başlı bir sakillikle ölebilirdim. Ama onunla yaşayamamıştım işte.

Ondan kurtulmalıydım. Kendimi kurtarmalıydım. Dım dım dım dım...

Eritilmiş haplar ikimizin de kafasını bulandırdı. Ritim yükseldi; tansiyon ayyuka çıktı. Sarıldım, sevgilime. Kolları, boşlukta olmayan mahsulleri toplar gibi çırpındı.

-Benimle birlikte intihar eder misin Cansu?

-Nasıl?

- Hangi metotla diye mi soruyorsun?

- Evet canım. Hangi metot bizi en kolay bu samanyolundan def edecekse!

- Di mi canım ya! Bu samanyolu neydi böyle! Hizmet sıfır. Saygı kusurlu. Sevgi noksan... Gidelim hadi.

- Nasıl?

Tayyar, kırmızı yastığın altında simsiyah bir silah çıkarıyor. Markasını göremiyoruz. Hala uzaktayız. Siyah ile kırmızının muhteşem uyumu, eceli frapan bir modacıya çeviriyor.

Dişin mi ağrıyor? Birazdan bitecek. Yarın günlerden hangisi diye mi merak ediyorsun? Yarın bitecek... Piyanon, uçurumun bir adım uzağında bir parçayı, başka bir parçayı söker gibi mi çalıyor? Yarın bitecek. 'Ölüm nasıl bir şey lan, ne yer ne içer, kaça gider' diye mi merak ediyorsun? Yarın bitecek.

Şam fıstığının açılmaya kabukları mı var? Yarın bitecek. Mahalle bakkalın hiçbir selamına karşılık vermiyor mu? Yarın bitecek. Sevgilin sana yüz vermiyor mu? Yarın bitecek. Sevgilin sana umut vermiyor mu? Yarın bitecek... Sevgilin sana vermiyor mu? Yarın bitecek...

İntihar... Kendini bulamayacak kadar meşgul olan Ben'in, bir 'sen' uydurup kendini bu uydurma sen üzerinden yok etme eğilimi... Kendi canına kıyamayacak kadar yalnız, yarım olmak... Cinayet işleyemeyecek kadar korkak, ürkmüş olmak... Neticesinde sevgilini öldürtüp kendini Yas'ın büyük çukuruna sunmak...

İğrençsin ay ışığı... Geceyi aydınlattığını sandığın için iğrençsin...

Cansu, tabancayı sol meme ucuna dayıyor... Kafasına dayıyor... Ağzının içine sokuyor. Kararı ağzının içinde kılıyor. Tetiği çekmeden önce birtakım şeyler söylese de söylediklerinden hiçbir şey anlaşılmıyor. Giderek kısılan homurtular ve pat...

Cansu'nun kafatası esniyor ve kan bir süre ağzın içinde dolaştıktan sonra ilginç ve iğrenç bir şekilde kafanın arkasından dökülmeye başlıyor. Mermi, insafa gelmiş gibi... Parçalanmıyor da yumuşuyor katı deri...

Yaşam ile ölüm arasındaki tek saniye çok çabuk kat edildi. Artık o bir ceset... Anında 21 gramıyla beraber buradan uçtu gitti.

Öyleyse sıra bende!

Silahı ağzıma sokuyorum. Etrafta vedalaşacak bir şey arıyorum. Yok! Aralık banyo kapısından gözüken mavi maşrapa korkunç hüzünlü görünüyor bana.

Elveda Cansu! Elveda maşrapa! Elveda ben!

Tık!

Tetiğe basıyorum.

Tık!

Tetiğe asılıyorum.

Tık!

Doğru ses 'pat' olmalıydı.

Silahı ağzımdan çıkarıyorum. Cansu'nun ölü gözleri hiddetle bana bakıyor. Ölüm neredesin? Hangi logar kapağında hangi boklu farenin kuyruğuna takıldın da gelemedin?

Silahı alnıma dayıyorum. Bu sefer umutluyum. Mermi, deliğinden çıkacak ve alınyazım tuzla buz olacak.

Tık.

Çıkması gereken ses bu değildi. Hayatım boyunca çıkartmam gereken sesleri çıkaramadığım için şimdi ölemiyorum. Ölümün yerinde olması gereken melodi, tüm orkestrayı kan ağlatıyor. Ama kan da bana ait değil. Cansu'nun öpülmüş ve ölümü görmüş ağzından halının desenleri kırmızının en 'can alıcı' tonuyla tanışıyor.

Neden sonra silahı kontrol etmek aklımdan geçiyor

Kurşun yok. Amına kodumunun işportacıları! Bir şarjörü dolduramayacak kadar… Bir şarjörü dolduramayacak kadar… Bir şarjörü dolduramayacak kadar hayat bağımlısılar! Sahi ben bu silahı nereden aldım?

Timuçin – Benden aldın.

Tarık – Bana vereceksin.

Tayyar- Siktirip gidin buradan.

Timuçin ve Tarık aynı anda: Oluuuuuuurr.

Öteki dünyanın kapısından uzaklaşıyorum. Ve evet artık hazır değilim. Cansu'yu rahat uyusun diye sırt üstü yatırıyorum. Uyuyan güzel'in yetişkinlere anlatılacak versiyonu karşımda. Şimdiden çürümeye başlamış bir ceset; yaşamın güzel kokularından çoktan uzaklaşmış demektir.

Havalansın diye pencereleri açıyorum. Perdeleri sıyırmadan… Güneşe ve aydınlığa daha fazla tahammül edemem.

Birazdan yarasalar da gelir. Beni attaaaaya götürürler.

Onlara göre, maalesef size göre de var olmayan ablam, şimdi başka bir formda yine yanımda. Beni hayatın bulanık rakamlarından ölümün renksiz harfleri koruyacak elbet.

Pencereleri iyice aralıyorum. Yarasalar gelip beni alana kadar gözlerim kapalı bekleyeceğim.

Daha kötüsü, daha çirkini, daha mide bulandıranı, daha can acıtanı olsaydı; emin olun size onları anlatırdım.

-15- Tayyar – Bana Borcumu Ver Tigo

Oğlum Tayyar, bu tayyareler sizin evi
bombalamaya gidiyor
Hitler'in bıyıklarını çekiştirdin bebekken
Şimdi berber sana kuyruk var diyor

Oğlum Tayyar, dibi delik fincanlardan bayır aşağı
yutkundun kendini
Bir kuşu evlat edindin
Bir kafesle kırdın son düğmeni
Kendine gelemezsin tamam
Ama dönemezsin de kendine Tayyar
Yolların iltihabında son çizdiğin sekseğin
çizgilerine bastın
Artık ne yesen kazık
Artık ne içsen baldıran

Yaş: İkinci yüzyıl
Kilo: Kendi ağırlığında eziliyor
Boy: Gökyüzü, çarpışmadır
Meslek: Ambulansları ambalajlamak
Gidişat: Eksi üç
Hava: Güneşsiz çok kuruntulu

Neler oluyor Tayyar?

İlk aşık olduğun kızın önünde bisikletten
düştüğünden beri

Anladık dünya, çok sakıncalı bir üçgen
Sağa sola yalpalıyor akıldaki takvim
Anladık dünya

İki paralel, üç meridyen...

Karakolda ayna yok Tayyar
Tuhafiyeciler erkenden kapadı dükkanları
Gecenin rimellerini tuzluyor birtakım bizi
sevmeyen zenciler
İlk öldürdüğün kadın gün gibi aklında
Reşadiye mahallesinde oturuyor sarıdan
kovulmuş bülbüller

Neler olmuyor Tayyar?
Suratların düşen bin parçayla bin birinci parçayı
arıyor
Cenazelerde bayramlaştığın ölüm parlatıcısı
amcalar
Ve çizmene kan doluyor
Ve kanına batmış bir İtalya
Ki benzer haritalar gidememekten taşlaşmış minik
ayaklara

Bağcıklarını bağlamayı düşen birinden
öğrenmiştin; sakın unutma.

''Bana borcumu ver Tigo' diye bağırıyor
televizyondaki adam
Ve sen

Bir resepsiyonist ile çilingir arasında çıkan
kavgada
Hala kapıda kalmanın bir numaralı çelişkisisin

İçeride ne var Tayyar?
Ve

Kilit neden kapalı?

Oğlum Tayyar, bu tayyareler maket bir kalbi un
ufak ediyor

İkinci aşık olduğun kadın

Bir de Adıyaman tütünleri

Bir de köpüğün üstündeki intihar

Yanarak

Yakarak

Susarak

Isınıyor.

3.Yılan / Tarık

''Cennetten kovulduktan sonra Adem'in ilk evcil hayvanı, yılan oldu.''

Kafka

-1- Yılanları da Vururlar

Sürünmek, yeryüzünü anlamaya başlamaktır. Selde duş almak; yangında saçları düzeltmek; heyelanda irili ufaklı taşlara masajlar yaptırmaktır.

Bir yılan var; biteviye uyuyor. Kışları büyük depresyonlara giren çıtkırıldım bir matmazel o yılan. Rüyasında, hiç gidemediği mevsimlerin haritasını keşfediyor. 'Kan değil o, domates' diye yatıştırılan çocuk korkularından sonra 'kar değil o pamuk' diyen kandırılan üşümüş yağlı deriler yatıştırılıyor.

Sürünmek, dünyayı gök hizasından kesmek; ikiye katlamak; resim dersi ödevi olarak kör öğretmenlere sunmaktır. Gövde, incinmek için yaratılmıştır. Yara, bereye sığmayacak kadar kafadan taşmıştır.

Bir yılan daha var. Tıslayarak şarkı söylüyor. Tıslayarak birikmiş tüm melodileri dışarıdan içine kusuyor. Yılanın elleri yok, ayakları yok, patileri yok. Yılan, kendini toprağın deprem artığı titremelerinden tutuyor.

Sürünmek, sobaya biraz daha yanardağ atmaktır. Hikayeli bir pornonun montajını bizzat düzülürken yapmaktır. Sırt ve kıç ağrısını yaslandığın duvara bulaştırmaya çalışmaktır.

Bir yılan daha var. Adı Tarık... Cennette Havva'yı kandırayım derken kendi aldanmış bir garip yaratık. Öte taraftan yer küreye otostop çeken bir yılan; ulaşım aracı olarak sonunda kendi gövdesine sığınmış...

Sürünmek Tarık'ı anlamaktır.

Eczanelere koşup onun adına ilaçlar almaya çalışmak; hastanelere yatmak; hastanelere oturmak, hastanelere amuda kalkmak; bir harf hatasıyla ilk randevuyu İnci Hastanesinde ayarlamaktır.

Tarık, buradadır. Korkunuz. Kendisi 'iğrençlik' kelimesini yaşatmak için var kılınmıştır. Kendisi 'rezalet' kavramanı genişletmek için sosyolojinin dipsiz sularına dalmıştır. Kendisi +1018 bir pornodur; ona sadece uçkuru peşinde koşan dinozorlar bakmaktadır.

Tüm sürüngenler ve Tarıklar doğar doğmaz uçabileceklerine inandırılmışlardır. Gün gelip yürüyemediklerini bile gördüğünde; telaş ve irkilmenin daracık potalarına üçlük olarak atılmışlardır.

Doktor, hastadan umudu kesmeyin demiş.

Avukat, bu dava düşebilir demiş.

Buldozer, burayı yıkmayabiliriz demiş.

Ama işte sürünmek, burada, yeryüzünü anlamakla birlikte kalmıştır. Yılan, kış uykusuna yatıyorum hesabına; uzak kıtalara gidip orada yürüme ve uçma dersleri almıştır.

Hala almaktadır.

2- Ayfer İsminde Bir Kadın Tarık'ın Sevgilisidir

Ayfer ile ilk tanıştığımızda (anlatım bozukluğu yapmıyorum; kendisiyle yedi kere falan tanıştık) sinir hastası 22 yaşında bir gençtim. Şimdi 25 yaşında bir ihtiyarım. Zaman görecelidir evet ve havaya uçup yeri öpmeniz için 3 yıl kafi bir süredir.

Ben Tarık olarak asla hiçbir şeyden emin olamadım. Şimdi onunla evliyim. Ama nasıl? Neyse ki nasıl anlatacağımı bilmiyorum. Ama diyebilirim ki. Yani ben onunla, onunla daha önce evlenmemize rağmen; onunla daha önce boşanmışız da yeniden evlenmişiz gibi hissediyorum.

Bir kavganın hemen sonrasında tanışmış gibiyiz. En büyük aşklar kavgayla başlar. Ama bir siktirin gidin. En büyük orospu çocuklukları da kavgayla başlar. Bana klişelerle gelmeyin. Üzmeyin beni. Hepimizin parmak izleri bile farklıyken üstelik. Ve o parmak izleri ellerimizden başlayıp bizi silmeye yemin etmişken.

Ayfer ile nasıl tanıştık? Hatırlamıyorum. Belki de hatırlamayarak tanıştık. Bir hafıza kaybının eşiğinde, idrar ve şurup kokan bir hastanenin morg kapısı önünde... Cesetlerimize son defa bakmak için beklerken...

Ayfer'i gördüm ve öldüm. Hayatım bitti. Ama hayatım, her hayat gibi özürlüydü ve bittiğini anlamadı. Beni saçma bir aptallıkla diri tutmaya devam etti.

Sonrası malum.

Doktor fazla yaşamayacaksın dedi.

Bir kendime. Bir Ayfer'e baktım.

Zaten fazla yaşamıyordum dedim.

Doktor kimdi bilmiyorum. Sonra ben gazete önümde uzun zamanlar geçirdim. Haberler okudum; havadisler dinledim. İkisi aynı anlamda; farkındayım. Zihnimin bulanıklığı sizi güldürmesin ve de sıkmasın. Ben burnunu değil beynini karıştıran sümüklü bir canavarım.

Evet, sonra kahve içtim. Karımla küs olduğumuz alışıldık günlerden biriydi. Gazete önümdeydi. Ayfer'in adını gördüm gazetede.

Dedim: Canım bir bakar mısın?

Dedi: Canım diyenler canımı aldı!

Dedim: Kıs şu arabeskin sesini biraz. Bak ne diyeceğim sana!

Dedim: Bak bu gazetede senin isminde – soy isminde birinin intihar ettiği yazıyor.

Dedi: Aaa nasıl öldürmüş kendini kızcağız?

Dedim: Ağzına silah dayamış.

Dedi: Ne marka silah?

Dedim: Gazete reklam olmasın diye yazmamış. Hem bunu mu merak ediyorsun sen?

Dedi: Tamam, yine başlama.

Dedim: Aaa bak kadının fotoğrafı da var. Aynı sen. Aynıyı geç. Bu düpedüz sen...

Müzeyyen, kökülmüş misketlere benzeyen gözleriyle bir bana bir elimdekine baktı.

Dedi: Ayol bunlar hep Tayyar'ın uydurmaları.

Dedim: Tayyar kim yahu?

Dedi: Yazdıkları dümendir. Uydurmadır. Gerçek haber diye satar. Ama herkes bilir mahsusçuktan olduğunu. O da bu yaptığına 'roman gazete' der.

Dedim: Ne sikim iş! Tayyar diye biri var. Yalandan basım işinde. Tutmuş karımın fotoğrafını koymuş. İntihar etti diye.

Dedi: Valla şiir gibi konuştun.

Diyaloğun ritminden sıkıldım. Epik tiyatro üstüme yıkıldı; dekorun kendisine yabancılaştım. Nasıl evlenmiştim ben bununla. Evet düğün… Nikah memuresi ve yalancı şahitler… Sadece bir hafta, davetiye nasıl olsun manyaklığı… On iki gün boyunca nikah şekerleri gurmeliği…

Ayağıma basıldı. Dandik imzalar atıldı. Lügatıma kaynana, dünür, kaynata, bacanak gibi garip uzaylı isimleri girdi. El öpmekten alın kası yaptım. İnsanların oynayıp ıslıklarla tuhaf sesler çıkardığı bir cenaze alayındaydım. Kuşlar ve gökyüzü gitmişti. Tavan ve parıldayan sikik ampuller kalmıştı. 7568 kare fotoğraf çektirdim ve hepsini sayacak kadar obsesif bir hayvana dönüştüm.

Karım Ayfer'e baktım sonra. Evet, dilbilimsel olarak bile artık sevgilim değildi. Karımdı. Beyazlar içinde masum ve şaşkın... Pamuk tarlası gibi... Kundaklanmak üzere olan pamuk tarlası gibi...

Şimdi Tayyar adında bir dalyarak çıkıp karımın intihar ettiğini söylüyor.

Ayfer, elimden kapıyor roman gazetesini. Tek sayfa atlıyor. Yüzünde seni geri zekalı ifadesi. Yüzümde beni geri zekalı armonisi...

Diyor: Oku. Oku da ibret al!

'Ben Tayyar. Bu romanı tüm Tarık ve Timuçin'ler okuyabilir.

Diyorum: Hasiktir.

Ayfer, kendine böğürtlen çayı yapıyor. Kaldırıp atıyorum gazeteyi.

Diyorum: Bu nereden geldi evimize?

Diyor: Onu sen yazmış olabilir misin bir yokla bakayım kafayı!

Diyorum: Böyle şeyler sadece Spielberg bilimkurgularında olur. O da yakında ölüp gidecek zaten.

Diyor: Her şey ne kadar karışık. Keşke evlenmeseydik. Keşke o tabanca.

Diyorum: Üzgünüm lafını bölmek zorundayım. Şimdi salona gidiyorum.

Salona gidiyorum. Bunu yapmak durumundaydım. Adam aslında ölüymüş / şizofrenmiş / sahtekarmış / klişelerinden çok sıkıldım. Ve bunun benim başıma gelmesini istemiyorum.

Kendimi bilmeye ihtiyacım yok. Ne yaptığım beni ilgilendirmeli.

Sigaranın beni kanser edeceği bilgisi işime yaramaz. Bana kül tablası verin.

Suların tüm gün kesilmesi beni endişelendirmemeli. En azından sel felaketinden yırttım diyebileyim.

Ağzım yok. Ama evet diş ağrısı çekebilmekteyim.

Yürüyen boy aynaları üstümü kirletsin. Beni öldürecek olan benim. Bıçak, balta ve yangın tüpü başkasının elinde olsa da vücuttan akan kan, oluşan yara; alınan darp benim ürettiğim simgelerin gerçeğe dönüşmesidir. Öyleyse düşman benim. Değil mi ki bunun için yıllarca sağlıksız beslenip; düzensiz uykularda bünyemi heba ettim? Değil mi ki bunun için Ayfer isimli kim olduğu belirsiz biriyle evlendim?

Tayyar kim? Sikimde değil.

Ben çapraz bulmaca çözmekten bile imtina ederim. Bir şeyin çözülmemişi kadar güzeli var mıdır? Sır, iyidir. Diri tutar. Dedektiflerin amına koyayım. Beni araştırmasınlar. Her şey muğlak kalsın. Tanrı bile peygamber göndermeyi kesti. İnanırsanız inanın; inanmazsanız götünüze koyayım dedi.

Öyleyse bu Ayfer kim?

-3- Gerdek Gecesi

Tarık, papyonlu damatlığıyla tartaklanmış bir palyaço gibi...

Tarık, lüpür lüpür terleyen alnıyla tahtı götüne kaçmış kral gibi...

Tarık, yüzündeki bıkkınlık ve tiksintiyle yanlış hal'a mal yükleyen kamyon şoförü gibi...

İnsanlar dans ediyor. Parmakta yüzük... Erkeğin başına gelen iki düğün, iki yıkım... Sünnette erkekliğin yarısı gider; nikahta insanlığın tamamı. Evet, erkek insan değildir artık. Daha çok sofra bezi, cam sileceği, beyazlatıcı diş macunu falandır. Tamamen içi boşaltılmıştır ve amaca yöneliktir. Katkı maddesi kullanılarak ve her nasılsa üstüne basıla basıla doğal olduğu iddia edilen gıda ürünüdür. İtinayla yenir. İtinayla tüketilir. Ve her defasında etrafta raks eden, tempo tutan, deliler gibi tepinen ahali vardır.

Topluluk düğünlere bayılır. Düğünler ki ekseriyetle gizli cenazelerdir. Gidersin, gömersin, üstündeki siyah kıyafetler güneşi çeker; sızlanırsın; gömersin, evine dönersin; sıcak duş almak istersin; patates püresi yersin; gömersin; toprak altındaki milyarlardan daha şanslı hissedersin; gömersin; karını öpersin; iyi terledik; iyi oynadık dersin; yazık çok gençti dersin; gidersin; gömersin; dönersin; gülersin; olan hep Tarık'a olur; ölen hep Tarık olur; gerdeğe girerken sırtına; toprağa girerken tabutuna vurulur; gömersin; gömersin; ellerindeki toprak kokusunu dindirmek için süpermarketten muhtemelen yanlışlıkla aldığın kivi aromalı sabunları ellerinde çitelersin.

Tarık, birtakım kapıların önünde kırılmış pencereler gibi.

Tarık, terli erkeklerin arasında soğutulmuş bir papatya çayı gibi.

Tarık, çekmeyen telefonların arasında sinyal seslerinin arasına karışmış veda sözcükleri gibi...

Evet, evet, gerdek gecesi... Girilecek bir mağara her zaman vardır. İlk çağ erkeğin içinde ve yapay göllerle sulandırılmış çelik kapılı mağaralarda devam etmekte.

Gelin içeride beklemekte. Bakireyse eli önünde; değilse bakireymiş gibi eli önünde. Elbet, akıtılacak bir miktar kan bulunur.

Gelin görün ki o gece Ayfer regl... Akacak kan; durmuyor kasıkta... Sevişilenemiyor. Zaten ne zaman sevişiliyor ki? Bre bre bre!

Tarık zor ediyor sabahı; tanımadığı 'gerdek evinin' içinde olduğu yabancı vilayette. Sabah 6:42 gibi 'vilayet' sözcüğünün ne kadar komik olduğunu bile düşünüyor. Ayfer, yanında gelinliğiyle... Beyaz'ın utancı, usancı... Tarık'ın göğsünde kundaklanmış pamuk tarlalarından arta kalan yaşlı, çökük bir çekirge...

Neden sonra – sahiden neden sonra?- kalkıp sigara içmeli diye düşünüyor Tarık.

Kapının önüne çıktığımda köy gibi bir yerdeydim. Tavuklar gıdıklanmış hassas koltuk altları gibi gıdaklıyordu. Az ileride kovboy şapkalı yalın ayak bir adam domuza çok benzeyen ama asla domuz olmayan bir hayvanı ters asmış derisini yüzüyordu. Yan daireden Rammstein – Los çalıyordu ve Zeus sizi inandırsın gökte leylekler ters ters uçuyordu.

Gayet doğal bir böğürtüyle 'hay amına koyayım' dedim.

Yanıma eşarbını gözlerine bağlayan bir kadın geldi ve dedi:

Cinsiyetçi küfürler etmeyelim lütfen dedi ve gitti.

Sigaranın yenisini yaktım. Karşıdaki evin tepesinde bir bulut vardı; zafer işareti şeklindeydi. Midem bulandı. Tütünleri parça parça kustum. Ciğerlerimi bölük pörçük kustum.

Yanıma bıyıklı bir adam geldi. Adı Tayyar imiş. Öyle dedi.

-Nasıl ıskaladın be abicim? 2 santim mesafeden hatunun ağzını nasıl ıskaladın?

-Kafamı karıştırıyorsunuz beyefendi.

Parmağını saçlarımın arasından kafamın içine sokup şöyle bir karıştırdı. Kendimi kremalı mantar çorbası gibi hissetmeme az kala çıkardı.

-Mmm dedi. Kadının ağzını ıskaladın bari kendi kafanı ıskalama.

Elime bir silah tutuşturdu.

- Kim bu ismi geçmeyen kadın dedim.
- İçerde uyuyor dedi.
- O benim karım dedim.
- Benim de ölü'm dedi.
- Bu çapraz kurgu bana fazla geliyor dedim.
- Buna 'bipolar kurgu' diyoruz. Biri bu çok kötü oldu der. Biri çok iyi oldu der. Biri hiçbir şey olmadı ki der. Her şey üçlenerek; üç kat buruşarak ve tazelenerek ilerler.
- Sonuç?
- Kendi sevgilini öldüremediğin için; başkasının sevgilisiyle evlendin. Benim Cansu'mun yarılan ağzından akan kan, Ayfer'in vajinasına sıçradı. Bir regldir gider; benim diyarlarımda. Tralla la la la…

Tayyar, ufalarak gitti. Küçüldü, küçüldü, çakıl taşı oldu. Piçin biri geldi. Bir tekme savurdu. Goooool diye bağırdı.

Sordum: Kim şampiyon oldu?

Cevapladı: Satürn İdman Yurdu.

Oldukça ilginç bir gün, doğumunu güneşin üstünden turuncu turuncu sarkıtıyordu. Ben ilginç bir adamım dedim dört kere. Başıma ilginç bir hayat, ilginç bir tuğla, ilginç bir ağrı girdi, düştü, geldi.

Üçüncü sigarayı yaktığımda akşam olmuştu bile. Cırcır böcekleri vasiyetlerini korkunç çayırlara yazdırmaya başladı. Ses, gürültü, patlama. Ayfer hala uyuyor. Kendimi, hatunun kızlığının sergilenmesi amacıyla kapı önüne asılmış kanlı çarşaf gibi hissediyorum. Gece arıyorum. Gece buluyorum. Yıldızlar, salt aracı.

Bir seyyar satıcı geçiyor. El fenerlerim var. El fenerlerim var.

Durdurup satın alıyorum bir tane.

-Ben buraların eskisiyim yeğenim diyor. Diyojen gündüz satışını yapan bendim.

Gündüz satışı… Arayış, ışığı ışıkla kırarak bitti.

Yerime dönüyorum. Godot ile randevulaşmak…

Bir seyyar satıcı geçiyor. Kitaplarım var… Kitaplarım var…

Durdurup kitaplara bakıyorum. Hepsi aynı: Yılanların Öcü… Peh. Okudum ben o romanı.

Sabah oluyor. Ayfer, hala uykuda. Hoca, sabah ezanını okuyup kendini caminin tepesinden atıyor. Kafatasından bol miktarda zemzem akıp şehrin suyuna karışıyor. Doğrusu, ilginç bir gün…

Yerimdeyim. Yerin, altını üstüme getiriyorum. Tostoparlak oluyorum. Tekme yiyemeyecek kadar yalnızım. Heybetli bir sarsılış. Köy, dekor değiştiriyor.

Yanıma Timuçin geliyor.

-Moruk, işler berbat. Dil atakları geçiyorum. Sözcükler evimi basıyor. Cümle kurgusu iptal... Dilbilimsel açıdan anlam arayışının kabuğu çatıradı. Her şey serbest, her şey ölümcül. Sen nasılsın?

-İyiyim Zeus'a şükür.

-Hera içerde mi?

-Herkes içerde. Ben kapıda kaldım.

-Dua edelim de Tanrı olmasın Tarık. Yoksa ölümden sonra hayat varsa; hayattan sonra hayat varsa, doğumdan sonra hayat varsa unutamayacaklarımızın biriktirdiği sakat hafızalarla yarrağı yedik demektir. Düşün, görüntüler yuvası dağılarak şişmeye devam ediyor. Düşün, 6 yaşında başına gelip hala kabuslarına girebilen küçücük bir ölümcüllük sonsuza kadar devam ediyor.

-Bir Amerikalı olsaydım ''Ohh şit' derdim Timuçin.

-Anlıyorum ve gidiyorum.

-Anlayarak gidiyorsun. Şüphesiz sonsuzluğun kapılarını kırdık ve sigorta bunu karşılamayacak.

-Şüphesiz kalbimizi kırdılar ve sigorta bunu karşılamıyor.

Timuçin, semantik semantik gidiyor. Artık, içeri girme vakti. Çünkü artık yağmur yağmıyor. Kurumaktan korkan bir Tarık var karşınızda.

Kapıyı içten dışa örttüm. Gördüğüm manzara karşısında dehşetin ıslak fayanslarına düştüm. Yatakta bir değil, iki değil, üç kadın vardı. Biri uyuyan, masum zevcem Ayfer... Zevce mi? Biri ağzına silah dayamış; defalarca patlatan; dışarı çıkan iğrenç beynini her defasında yerine takıp yeniden silahını ateşleyen tuhaf, beyaz, ölü kadın... Hayalet mi? Diğeri elinde telefon varmış gibi konuşan, ağzından salyalar akıtarak küfreden, bitti artık, bitti, ayrıldık işte anıran bir çılgın, bir manyak... Garabet mi?

Kapıyı çekip dışarı çıktım.

Karşımda dev bir uyarı levhası... Başında kocaman harflerle ‘Burası Kadıköy’ yazıyor.

Altında irice bir not: Burdan çıkış yok.

Altında daha irice bir not: Fakat ne yazık ki buraya giriş de yok.

Ben Tarık. Ağzımı mazgallara ayırıp hiçbir şeyden emin olmayan tanrıların yağdırdığı yağmurları içime akıttım. Şimdi buradan gidiyorum. Şimdi oradan geliyorum.

Burası Kadıköy. Buradan Tarık yok.

-4- Tiksinti, Bir Romanski Filmidir

Bugün günlerden Çarşamba... Mağazaların iç giyim kısımlarında yüzde kırk beşe varan indirimler var. 'Hay anasını eşşeklerle birlikte siktiğim' gibi gayet enteresan bir küfrü gol kaçıran forvete düzen adamın düşen tansiyonu var. Yeşil reçetelere yazılan kırmızı ilaçlar var. Eczacı hatun bombaymış ama he. Bunu göremeyen safi kirpik gözler var.

Bir de üzerinize afiyet Ayfer'in anası var. Ve evet bugün, Tarık onunla tanışacak. Sanıyorum ki zamanı geriye aldık. Zaman tramvayının sarhoş vatmanlarıyız.

Tarık sevgilisi ve müstakbel kaynanası tarafından 1 saat bekletilince fokurdayan semaverlere dönüştü. Sinirin kat sayıları 2ye bölünse 5, 7ye bölünse 12, 12ye bölünse 26 çıkıyordu. Bölünerek çoğalan bir asabiyet Tarık'ın dizlerini kesip pantolonlarını titretiyordu. Soğuk rüzgarlar gelmeyenlerin ve beklenmek istemeyenlerin geçmeyen dakikalarını köpürterek yukarı taşıyordu.

Nitekim 1 saat 22 dakika sonra Ayfer ve korkunç Ivan annesi Tarık'ın ayak izleriyle mahvettiği caddenin ucuna teşrif etti. Yolda karar verilmiş. Simit evine gidilecekti.

Tarık leylek olmak istiyordu. Fakat ölü bir leylek... Uçamayan, uçurtulan... Tamamen stabil bir edilgenlikte; vazolara doğru tırmanan göğün egildi mi gözüken çatallarında.

Fakat yılan oldu… Kendi kuyruğuna çarpıp yanan yılan… Evet hatırlarsınız; sanal ekranlarda oynanan bol parmaklı oyunlar…

Oturdular. Anne, Tarık'ı gözleriyle yiyip yemek üstü olarak simit susamlarını çiğnedi. Başörtünün altında zehirli bir yaratık beslediği açıktı. Her boku ben bilirim terminolojisinde sağda solda topladığı akılları itinayla Tarık'ın bedbin suratına fırlattı..

-Bak oğlum. Evlenmeniz gerek. Evlenip devletin gözüne girmeniz gerek. Milletimize hayırlı spermler akıtmanız gerek.

-Bak oğlum. Bekleyen şey bozulur. Bir an önce atın imzanızı çıkın evinize alın arabanızı girin işinize yapın bebeğinizi borçlanın senetlere verin verginizi alın maaşınızı girin pastaneye çıkın postaneden yaşlanın hemen ölün hemen. Evet! Bu kadar.

-Bak oğlum. Kızımın çeyizi hazır… Bakireliği yerinde. Boynu pak, sırtı mis, yolu yol; dudakları al; pembesi pembe; alı al.

Tarık, 'ne diyorsun amına koyayım' dememek için kendini kolay tuttu. Oldu olası nefret ederdi halktan, milletten, ahaliden. Onların verdiği oyların sonucunda başa gelen hükümetlerle yönetilmekten… Onların arka kapıyı gösterdikleri hırsızlar tarafından sömürülmekten. Onların sabunlarıyla temizlenip onların etik – ahlak – namus üçgeniyle kirletilmekten…

Kadının bayat cips gibi buruşuk suratına tükürmemek için de kendini zor tuttu. Bu sefer zor tuttu kendini. Sonra Ayfer'e baktı... Onu bu haliyle annesinin kasıklarından çıkarken tahayyül etti. Her yer yapış yapıştı. Kadın doğum uzmanları panik halindeydi; dünyanın yüzölçümü ameliyathanenin beceriksizce yerleştirilmiş fayanslarına sığmıştı.

Bir bebeği kurtarmak nasıl mümkündü? Onu anasının şeyinden hışımla çekerek mi? Yoksa bilakis içeri zorla kaktırarak mı?

Tarık, Ayfer'in anasının eteklerine kustuğunda (Bkz: Tayyar'ın lunaparak faciasının intikamı) her şey iğrenç bir şekilde Tarık'ın işine geldi. Kadın; Tayyar'ın iki bayat çayı iki aç karnına indiren midesine baktı evvel. Sonra sararmış surata.

Ayfer çabuk toparlandı.

-Sen ne yaptığını zannediyorsun Tarık!

Sözde soru cümlesi... Çok can acıtıcı... Hemen peçete getirin. Hastayı kaybediyoruz. Koşuldu. Üşüşüldü. Toplum diye düşündü Tarık; hemen kenarda birini görünce nasıl da karşısında dikilip çoğalıyor; bir anda. Kendisini, üstüne o günün gazetesi örtülmüş bir ceset gibi izledi. Toplumun ana akım elementleri; işte şu simit yiyen organizmalar toplanmış da o gazetenin günlük haberlerini okumaya çalışıyor.

Kusan mı hastadır üstüne kusulan mı?

Asla bilemeyeceğiz. Anne- kız kalkıyor. Biz bir elbise bakalım; böyle olmayacak. Siktirin gidin – dememek için Tarık kendini zor ve kolay tutuyor.

Ayfer, kulağına eğiliyor sonra. Tarık öpecek sanıyor; kusmukların bir kısmı hala dudaklarında yüzerken. O ise tıslıyor sadece.

-Her şeyi mahvettin Tarık. Her şeyi mahvettin.

Doğrudur. İnanırım. Ana – kız mağduru oynayarak sanki bir yerlerini sakatlamışım gibi sekerek uzaklaşıyorlar.

Bir daha gelecekler mi? Sanmam. Asla bir daha geri gelmezler. Atıldı mı geri dönmeyen bumerangtır onlar. Fabrika çıkışlıdırlar ve daha çok satın alınmaları için; elde kalmamaları; yani geri dönmemeleri gerekir.

Üstüme bulaşan kusmukları kendim temizliyorum. Toplum, masalarına geri dönerek biraz önceki yükselen tansiyondan çıkan röntgenleri okumak için birbirlerinden dökülen sözcüklere bakıyorlar. Çayın son yudumunu içmek için karşı konulmaz bir istek duyuyorum bir yandan. Ben Tarık. Burada; bu masada; abartılmış bir tek başınalığın hem yan hem ana ürünü…

Önceden istifra etmek şimdi kusmak diye nitelendirilen eylemi ifa etmekten dolayı suçlanıyorum. Hey ama beni kusturan sıvıları siz ısmarlamıştınız; o ne olacak?

Hey hey midemi ağzımdan yerlere ve maalesef eteklerinize püskürten mamaları siz kendi ellerinizle mutfaklarınızda pişirmiştiniz?

Bir bebeği kurtarmak mümkün mü?

Ultrasondaki kara delik giderek büyüyor. Yanıma Tayyar isimli biri oturuyor. Ben tam kalkacakken!

Bana bir kartvizit uzatıyor. Benim için bir ruhu çağırman gerek diyor. Karşılığında dolgun maaş…

Dolgun maaş ne lan- dolgun kalça gibi düşünüyorum.

Kimin ruhunu çağırmamı istiyorsun ve neden sen değil de ben çağırıyorum?

Adı Ruhnaz. Ama Cansu da olabilir. Ve beni tanımasından korkuyorum.

Peki. Diyelim ki çağırdım ve o da geldi. Sonra?

Ona adını soracaksın. Ruhnaz derse Cansu'yu tanıyıp tanımadığını soracaksın. Cansu derse; ben kendimi vuracağım.

Ayfer ile anasının saptığı sokağa bakıyorum. Boşluk, iz bırakır ve görülür. Boşluk, ses çıkarmaz; ses çıkarsa da konser veremez; konser verse de gereken katılımı sağlayamaz.

Bumerang… Atılması hata; geri dönmesi yanlış olan insan icadı… Tamam Tayyar teklifini kabul ediyorum. Böylece çayın son yudumunu da içtim. Öggggghhh!

-5- Ruh

Japon pazarından aldığım Türk mumlarla odanın çemberini ışıttım. Hintli çocukların günde on altı saat çalıştırılarak ürettikleri tütsüleri toplumsal gerçekçi bakış açımın iç burkan oflamalarıyla birer birer yakıp odayı yanan hayvanat bahçesi gibi kokuttum.

A'dan Z'ye kadar küçük kağıtlara yazdığım harfleri yuvarlak oluşturacak şekilde masaya dizdim. Masanın göbeğine Evet – Hayır kağıtlarını karşılıklı koydum.

Ruhu çağırmaya hazırdım. Onu konuşturmaya, ölümün incelikli rezaletlerini ölüm sebebi olarak gösterilebilecek yaralarından akıtmaya hazırdım. Hayat neydi? Tanımadığın bir ruhu öylece çağırmaktı. Ölüm neydi? Bir ruh olarak daha önce hiç görmediğin kapıları hayvanca bir inatla zorlamaktı.

Oturdum. Bildiğim kadarıyla ruh çağırma işleminin klişe olan başlatıcı cümlesini zikrettim:

-Ruhlar aleminden dünya alemine sorduğum sorulara cevap verebilecek bir ruh çağırıyorum.

Kuşkusuz amatör bir gazeteciydim ve yaptığım ilk röportaj sesimin titremesinden ötürü başlamadan bitecekti.

Bir yandan da aklımda 'Cansu ve Ruhnaz' isimlerini döndürüyordum. Sarmal alfabetik bir oranla yeni tanışacağım ölülerin olası yüz hatlarıyla şekilleniyordu.

-Ruhlar aleminden dünya alemine hemen sadede gelecek bir ruh istiyorum. Lütfen gelin. Paraya ihtiyacım var.

Gelen yoktu. Sadece perde olağandan öte bir tempoyla şişip hışırdadı. Ah 80'lerin 'teen slasher' pislikleri... Nesneler üzerinden insan öznelerini panikletme retoriği... Sehpalar yer değiştirir; mobilyalar nakliye şirketini aramanıza gerek kalmadan merdivenlerden aşağıya indirilir; televizyon kendi kendine kapanır; halılar ayaklarınızın altından çekilir. Her korku filmi, yalnızlığın dinamitle süslenmiş halidir.

Ama ben artık yalnız değildim. Hissedebiliyordum ki odada biri daha vardı. Soluk alış verişlerimi devam ettiren bir başka soluk... Aromatik bir kabarma... Hem tek başınalıktan hem yaşayanlardan sıkıldığınızda; ruh çağırmak harika bir teselli aygıtı olabilir.

-Hey ruh! Geldiysen fincanı Evet'e sürükle.

Fincan, tıngır mıngır Hayır'a gitti. Kendi kendine! Yalnızlığın şakacı versiyonu... Kahkahaların dopingiyle acının maratonunda ter döken bir ruh vardı karşımda. Gelmişti. Kapıdan gelen 'geldin mi' diye soran annelere 'Hayır' diyen liseli veletlerin mizahını edinip gelmişti.

Bana adını söyle. Fincan, harflere sırayla gitti ve ortaya 'Tarık' ismi çıktı.

İroninin yanak gamzelerinden patlayarak hoyratça kıkırdadım.

-Sen ben misin?

-Evet.

-Ama ben kadın bir ruh çağırmıştım.

-Ben de kadınım.

-Kadın versiyonum musun yoksa?

-Olabilir.

-İsmin Cansu ya da Ruhnaz mı?

-İkisi de olabilir.

-Ama Tarık demiştin.

-Üçü de olabilir.

-Tayyar bu konuda beni hiç uyarmadı!

-Dördü de olabilir.

Karakter torbasından çekilişe katılırsanız; elini o torbadan hiç çıkaramayabilirsiniz. Belli bir noktadan sonra algı; sadece şaşmak üzere devreye girer. Yatağa ben neredeyim; aynaya ben kimim diye sormaya başlayabilirsiniz. Sevgilinizle uyandığınız bir sabah 'bu kadın dün yoktu' deyip kendinizi üstünüzden karalayabilirsiniz. Sonra elinize bir maşrapa, bir saç kurutma makinesi, bir misket tutuştururlar. Ben neyim – diye sorarsınız en sonunda. Neyim ki beni tutan siz değilsiniz de sizi tutan benim!

Bir süre daha patinajlar çeke çeke; absürt tiyatroya katkıda bulanacak derecede saçma saçma konuştuk.

Bir süre sonra 'sıkıldım' yazdı. Gitmesinden ve bir daha gelmemesinden çok korktum. Alacağım para umurumda değildi o saatten sonra. Ruhsuzun ruh çağırımında saydamlık, biraz daha saydamlık diye anırmak üzereydim.

-Sana görünmeye karar verdim – dedi ve salonun ucunda çok afedersiniz taş gibi bir hatun belirdi. Çıplaktı. Çırılçıplaktı. Anadan ve Tanrı'dan üryan... Daha önce hiç giyinmemiş gibi çıplaktı. Her elbise hakaretti O'na; her örtü tehdit...

Mübalağa etmeye devam edebilirdim; incecik topuklarıyla sek seke yanıma yaklaşmaya başlamasaydı. Her adımında bir çileğin tencereye atılıp reçelleşmesini duyumsuyordum kaynayan gövdemin taşlaşmış hacminde. Tramvaydaki biri değil bizzat tramvay olarak sallanmaya başladım.

Her kadın sizi tarihten sınava çeker; tarihin büyük savaşlarını; yıkımlarını, sancılarını unutturarak. Ve her daim tek bir soru sorar:

-Tarih ne zaman başlar

Cevap hep aynıdır.

-Senden sonra yavrum... Senden sonra.

Hafızam, kafatasımdan düşüp sertleşmeye başlayan penisimin üzerine tüy halinde kondu. Ben insan değil erkektim. Tek çalışan uzvum sikimdi ve hayatta kalmam için yeterli olan kan tek bir yerde toplanıp fokurduyordu.

Hayatta değil erekteydim.

-6- Yoz Ayı

Tayyar paramı ödemedi. Ödemediği yetmezmiş gibi kendini dün gece sevgilisinin önünde ağzından vurdu. Ağzının içinden. Iska yok. Tek kurşun ve beyin göçü...

Gazeteler 'Takıntılı Aşık'ın Feci Sonu' diye manşet attı. Ya da buna benzer şeyler. Tayyar, en azından haber değeri taşıdı.

Bense... Bense geceyi çağırdığım ölü kadını becermekle geçirdim. Hadi ölü kadın demeyelim... Sadece ruhu olan kadın...

Ruhuma sahip olabilirsin ama bedenime asla diyen cinsten! Hahaha!

Sabah olduğunda harfler dağılmıştı; fincan kırılmıştı. Ruh kadın aynaya bir ruj izi; komodine bir mektup; çekmeceye bir not bırakmadan gitmişti.

Kendimi Tayyar'ın ağzından girip Timuçin'in ense kökünden çıkan Tarık marka bir kurşun gibi hissediyorum. Belirsizlik, cinayet dedektiflerini ekşi ekşi terletiyor.

Bir yüze zarar vermek mi istiyorsun? Baktığı aynalardan birini kır!

Adım Tarık mıdır hala?

-7- Bir Masal Arası

Bu masal da burada bitmiş diye başlayan bir masaldan korkunuz. Madem ki hepimiz şaplakla dünyaya getirilmiş bebek devamlılıklarıyız; biterek başlayan bu masalın armonisi kulakları sağır değil; sağırları kulak arkası edebilir… Her şey olabilir. Her şer olabilir.

Ters yüz edilmiş güzellik… Çirkin masal yoktur; az Dracula vardır. Mutsuz sonlara inananların haklı zaferi… Asla kazanamayacağız. Ölüm ve birtakım işe yaramayan bitkiler var lan bu dünyada. Sokmuşum pazartesi pazarlarında en ucuz ve en leziz elmayı arayan pamuk prenseslere… Kloroform ile bayıltılmış uyuyan güzellerin fosur da fosur, fosur da fosur devasa bir kayıtsızlığı büyüten esrimelerine. Yalan söyledikçe kanseri büyüyen odun adam nerede? Kaybolmamak için yollara kardeşinin damarlarını saçan şirret kız karakterimiz nerede?

Bu masal da burada bitmiş. İşte bizim Tarık'ımız burada. Nur topu gibi değil bowling topu gibi ağır, biçimsiz, renkli bir velet olarak uzak bir ülkenin madencilikle geçinen kasabasında doğmuş. Köyde 168 kişi yaşarmış ve bu o döneme göre kalabalık bir nüfusmuş. Köydeki herkesin ismi de farklı farklı olunca Tarık'ın babası Yaradullah Bey gayet saçma bir şekilde 'Tarık' ismini koymuş şuncacık bebeğe. Yani işte Tarık olsun deyivermiş. Neden; nasıl; ne anlama geliyor. Hiç. Tarık, o sabah yerküredeki Hiç toplamının isim ve cisim karşılığı oluvermiş. Anlamsızlığın Ingaa'layan küçük yavrusu…

Tarık ismi daha sonra anlamı itibariyle 'sabah yıldızı' olarak anılacaktı. Yani bir sike yaramayan yıldız.

Neyse çocuklar biz masalımıza dönelim. Bu sevimli yavrucak, elma yanak, küçük ayak, yumuk gözler; fakat o da nesi! Bu küçük bebeğim iğrenç bir özelliği daha doğduğu ilk günden artarak önce haneyi sonra tüm kasabayı dehşete düşürmüş. Çocuk, çok afedersiniz aş pişmiş gergedan yarrağı gibi kokuyormuş. Peynirli cips, peynirsiz salam, kötü kullanılmış ayaklar, kötü eyleme geçirilmiş fikirler gibi kokuyormuş.

Ve bebeği ne kadar yıkasalar da (Küvetin ve saçları kurutmadan tazeleyen şampuanların icadı aynı tarihe denk düşüyor) koku azalmak şöyle dursun sabunu, musluğu da kokutuyormuş.

Herkes önce burnunu, sonra hayatını çekmiş Tarık bebeğin doğduğu evden. Fakat bu da yetmemiş. Bebek bir aylık olduğunda koku adeta vücut bulmuş; katmerlenmiş. Hanenin dışarılarına taşmaya başlamış. Baba bebeğinin ismini keşke 'Foseptik' koysaydım diye düşünürken kasaba ahalisi de bebeğin kasabadan nasıl göndereceklerini düşünüyormuş.

Biri sürelim demiş. Biri öldürelim. Biri ormana bırakıp kaçalım.

Çok geçmeden bu söylenenler acılı babanın kulağına gitmiş. Kaynatası tarafından az çok akrabalığı bulunan padişaha çıkmaya karar vermiş. Son çare; her zaman en büyük olanıdır.

Büyük saraya doğru küçük adımlarını tedirginlikle atmış Yaradullah Bey. Padişahın huzurunda el pençe durmuş. Padişah da aksi gibi sözü; güzel kokulardan, dışarıdan getirtilen misklerden açmasın mı? Bizim zavallı yurttaş içinden 'haberi var da taşşak mı geçiyor bu padişah benle' diye geçirse de sonunda derdine yakışır bir titremeyle lafı açabilmiş:

-Hünkarımız üzerinize afiyet benim bir bebeğim oldu. Görseniz yanaklarını muncurlamak; gıdısını mıngırdatmak istersiniz. Fakat gelin görün ki bebeğimin bir kusuru vardır. Kötü kokar. Çok kötü kokar. Ne kadar yıkasak da yunmaz, arınmaz. Her geçen gün kokusu bizi de kasabayı da canından bezdirir padişahım. Durum dayanılmaz bir hal aldı.

Hünkar, dün gece gözde cariyesi tarafından kronik – evet kronik- kokusu nedeniyle reddedildiğinden durumun hassasiyetini durumunun hassasiyetiyle ölçtü ve adamcağızı acıdı.

Tez, şuradaki denize –parmağıyla gösteriyor- bir kule inşa edile! İçine bu zavallı adamın bebesi konula. Her gün kayık vasıtası ile çocuğun istihkakı götürüle.

Bre bre bre!

2 hafta içinde kule inşa edilmiş. Kışın inşa edildiği için de pek yaratıcı bir isim babası tarafından kulenin adı 'Kış Kulesi' ilan edilmiş. Kimsenin 'Bu kule kış kulesi; bu kule yaz kulesi' diye sınanmasına da izin verilmemiş. Zira devir köşelerin devriymiş.

Neyse efendim Tarık bebek o iğrenç kokusuyla birlikte yaşar halde bu kulenin kalın duvarları arasına gömülmüş. Her gün güneş sarayın ucundan göründüğünde bir sepet içinde 3 öğünlük yemeği getirilirmiş.

İğrenç kokulu Tarık bebek, iğrenç kokulu bir yetişkin olduğunda masalın standardizasyonu sarsılmak istiyordu artık. Mutsuzluğun içindeki sabit huzurun kalın duvarları vardı ve canı uydurulmuş bir depremle yıkılmayı arzuluyordu.

Günlerden bir gün kayığa saray mutfağından getirilen üzüm, peynir, iki dilim ekmek arasına bir de yılan girmişti. Yılanlı sepet kuleye ulaştığında hava uğursuz bir rüzgarın ıslığıyla puslanmış. Tarık, dünkü yemeklerini henüz öğlenken yediğinden hayvan gibi acıkmıştı. Sepetin üstüne atlayıp getiren adama bir teşekkür etmeden hemen yemeye koyuldu. Üzüm, mmm yeşil. Ekmek, mmm taze. Peynir, mmm leziz. Yılan, mmm, yılan, mmm, yılan, mmm.

Yılan, dilini çıkarıp tıslamış:

- Kandırıldım. Lanet olsun!
- Sen de kimsin. Neler oluyor!
- Bana burada mis kokulu bir prenses olduğu söylendi. Midem için birebir bir lezzet! Fakat karşımda…
- Evet, evet söyle.
- Leş kokulu bir erkek var karşımda.
- Ölülere saygısızlıktır yaptığın. Ben her gün farklı bir ölü gibi kokuyorum. Bir gün dedem gibi, bir gün

Napolyon, bir gün durup dururken ölmüş nicelerinden biri gibi.

- Lanet bu!
- Benim lanetim bu.
- Ya annenle baban?
- Annem beni doğurmamış; sayıklamış. Babam da şampuanla temizlenebilengillere beni ispiyonlamış.
- Hiç iyi yapmamış. Hiç iyi yapmamış.
- Fakat görmüyor musun? Sen bile kokumdan yemiyorsun beni.
- Hayır. Öyle değil. Seni sevdim. Ondan yemiyorum.

Yılanın gözünden yalanın kırmızızı geçti. Tarık fark etti ki; boğayı kızdıran değil kırmızı değil matadorun tahrik edici hareketleridir çıkarsamasındaki kırmızı; matadorun elinde değil yılanın yalan söyleyen gözlerindedir.

Çatalını tuttuğu gibi yılanın sırtına batırdı. İşte bir kırmızı daha.

Kan, kış kulesinin tabanına gülden koparılmış akışkan diken kararlılığında aktı.

Tarık, bir hayvan tarafından yenmeyi hak etmeyecek kadar hayvanüstü bir şey olduğunu anladı. Kan aktı; aktı kan. Gövdenin bozulmuş simyasından arta kalan bir hüner toplamında Tarık, öldürülerek bile mutlu sona ulaşamayacağını anladı.

Muhtemelen, hala orada... Kule nerede peki? Bitmeyi becerememiş bir başka masalın içinde olabilir. Kötü kokusu sonsuz hayatın anahtarı olan bir deli herifin akciğerlerinde olabilir.

Bu masal da burada bitemiyor.

Tarık, bundan sonra gelen tüm sepetlerin içine inatla bakıyor.

Hani olur da, bir yılan… Kendisinden başka bir yılan…

-8- Aynanın Karşısında Çok Başına

Yokluk, varlıklar üretebilir. Ağzınız olmadan diş ağrısı çekebilirsiniz. Dişleriniz olmadan bir dişçiye aşık olabilirsiniz. Canınız nostaljik bir kıyım ister. Kafatasınız içine giyotinlerin en eskisini yerleştirebilirsiniz. Canınız acı bir haber almak ister. Salonunun ortasında olmayan bir telefonu cevaplayabilirsiniz.

Varlık, yokluklar tüketebilir. Mutlu aşkın ortasında karambolden top çıkartamayabilirsiniz. Sevda türküleri mırıldanırken ağzınızın ortasından kanlı bir zokayla vurulabilirsiniz. Kader, örücü bir örümcektir elbet. Ve siz peygamber değilsinizdir. Örümcek, sizi saklamak için değil sizi gammazlamak için örer ağlarını. Varlığın kurtçukları çoğalarak yoklukları fenalaştırabilir. Tercihe bağlı olarak bodrum katın olmayan balkonundan atlayıp ölebilir; İsa'nın çivileriyle bileklerinizi zorlayabilir; ilk defa karides ya da havyar yerken talihsizlik odur ki zehirlenebilirsiniz.

Kontrpiyede kalmak? Hay aksi, elbette ki yanılabilirsiniz.

Hiçbir şey sipariş etmediğiniz halde geç gelen pizzacıya kızmak? Hay hay yapabilirsiniz.

İntiharın en fetişini deneyip kendinizi kız arkadaşınızın fileli çoraplarıyla asmak? Sallanmaya başlayabilirsiniz.

Siki tutmak? Buyurun, buyurun tutabilirsiniz.

-9- Alo Orada Mıyım?

Olmayan demişken... Olmayan telefon çalacak birazdan. Ve ben koşarak yetişeceğim. Evin içinde koşmaya bayılırım. Bu, acelem varmış izlenimi uyandırır. Perdelere ve perdelerin göz aralıklarındaki mahlûkatlara... Bakın çalıyor... Gırtlaklanmış bülbül misali...

Arayan Ayfer'in babası:

- Oğlum, kayınvalidenin üstüne kusmuşsun. Hiç yakıştıramadım.
- Af buyurun babacığım. Üzerinize afiyet midemi üşütmüşüm de.
- Az daha yukarı evladım. Az daha yukarı.
- Kafa? O yok bende baba. Onu Paris'e giderken uçaktan aşağı salladım.
- Annen seni hiç affetmeyecek.
- Beni affederek doğurmuş bir anneden sonra bu fikir pek parlak görünüyor.
- Kızım da seni hiç affetmeyecek.
- Ah kadınlar babacığım. Bir rakı ne kadar mor olabilir ki?
- Kapatıyorum öyleyse.
- Kapanıyorum öyleyse.
- Çat.

Arayan patronum:

- Oğlum neden işe gelmedin?
- Ben çalışıyor muyum?
- Evet.

- Nerede? Nasıl?
- Dönercide ekmek bıçağı olarak çalışıyorsun. Unuttun mu yoksa?
- Ah evet. Ben de diyorum neden bu kadar keskin keskin terliyorum. Eee şey bu sıralar çılgın bir fikir üzerine çalışıyorum. Ondan gelemedim efendim.
- Neler yapıyorsun?
- Bazuka! Yeni bir tür bazuka üretmenin peşindeyim.
- O nasıl oluyor?
- Hümanist bazuka efendim. Bir tek tetiğini çekeni patlatıyor.
- Ooo harika. İyi para getirir.
- Bağırsaklarla birlikte.
- Öyleyse kapatıyorum.
- Öyleyse kapatılıyorum.

Olmayan telefonun salonda yarattığı titreşim askıdaki mor çamaşırları titretiyor. Bir tür çöl rüzgarı... Sıtma ensemde. Asla iyileşemeyeceksin. Bunu bir doktorun son sözü olarak aldım ve kabul ettim.

Arayan Hayvanat Bahçesi Müdürü:

- Pardon, siz bu sabah hayvanat bahçemizden kaçan köpek olabilir misiniz?
- Hayır, ne münasebet?
- Anlıyorum. Acaba siz bu akşam hayvanat bahçemizden kaçan yarasa olabilir misiniz?
- Lütfen ama. Hakaret etmeyiniz!

- Özür dilerim. Peki siz bu gece hayvanat bahçemizden kaçan yılan olabilir misiniz?
- Evet. Bu doğru işte.
- Çok affedersiniz ama neden kaçtığınızı öğrenebilir miyim?
- Hayvanlardan oluşan bir orkestra kurmak için!
- Anlıyorum. Hani şu Bremen Mızıkacıları gibi…
- Onun asıl adı Bremen Mızıkçılarıdır. Tarihe ismi yanlış yazılarak aktarılmıştır.
- Anlıyorum.
- Anlamıyorsun.
- Anlıyorum.
- Anlamıyorsun ve şimdi buradan siktir olup gidiyorsun.
- Gidiyorum.
- Git.
- Kapatıyorum.
- Kapanıyorum.

Doktor, reçeteme bakıp son sözünü değiştiriyor. Asla affedilmeyeceksin. Ki bu da bir tür maraz. Aferin doktoruma. Pati ver bakayım babana! Ha şöyle.

Arayan eski sevgilim Ayfer.

- Alo?
- Çat.
- Alo?
- Çat.
- Alo?
- Çat.

İletişim kuramları dersinden 'F' alan her öğrenci kadar intihar ve infilakın eşiğindeyim. Eşik ne komik bir kelime ayrıca... Bunu bir cine danışmalıyım.

Arayan babam…

-Anneni öldürdüm. Şu an mutfak tezgahının üstünde kafası duruyor. Ne kadar tuhaf ki gövdesini bulamıyorum. Bu, bana 'Aşk nedir' sorusunu hatırlattı. Bir aşk ne zaman başlar; nerede biter? Ne olur? Nasıl olur?

Bazı aşklar Ikea'dan sehpa bakarken biter.
Bazıları McDonalds'ta kuyruk beklerken.

Bazı aşklar korku filmine iki bilettir.
Bazıları kendi kuru kafasına hayran Hamlet

Bazı aşklar Hiç Anadolu'da biter; bazıları Piç Amerika'da.

Bazı aşklar yaşayan ölülerin dönüşüdür.
Bazı aşklar yavşayan dirilerin dövüşü.

Bazı aşklar yatağa kahvaltı getirmekle başlar.
Bazıları yataktan ihanetleri sökerek biter.

Bazı aşklar diyorum; kuşların yanmakta olan uçağa meylidir
Bazı aşklar hiç başlamaz; çok biter.

Telefonu suratıma kapadı alçak adam. Annemin gövdesi salondaki yeşil kanepenin üstündeydi. Ben buradaydım. Dünya, dışarıda basketbol oynayan çocukların lastik ayakkabılarının altındaydı. Kuru temizleyicinin numarası neredeydi?

Arayan Timuçin:

- Naber lan?
- Kötüyüm. Taşaklarım ağrı içinde.
- Fazla mastürbasyon ve klitoris alerjisi...
- Kıvranma, bir tatbikattır. Asıl acı; mahsusçuktan geberdikten sonra başlar.
- Biraz tuzlu bir şeyler ye. Boğazına iyi gelir.
- Her şey sallanıyor. Gün dönümü bile.
- Gün dönmeyecek sana, bekleme.
- Ah gece! Sinirli bir zencinin ayak bilekleri gibi gece!

Arayan Tayyar:

- Dünyanın tüm kadınlarına küstüm oğlum.
- Barbi bebekleri dahil mi?
- Onların imhalatçıları dahil!
- İmalatçıları demek istedin sanırım?
- Hayır; imhalatçı... Daha yaparken bozanlar!
- Daha sertleşmeden boşalanlar!
- Daha barış antlaşması imzalarken tabancasını dolduranlar.
- Senler, benler, bizler.
- Çok acayip zamirler.
- Sanırım sonuna geldik.

- Evet, bunlar son sayfalar.
- Takviye kağıt ister misin?
- Hayır, halk uzun roman sevmiyor.
- Halk, ne demek lan?
- Yani sen hariç, ben hariç herkes…
- Anan da hariç de, tam olsun.

Olmayan telefonu pencereden aşağı yuvarlamam an meselesi… Ama önce son defa olmak üzere birini aramalıyım. Sizde benim numaram var mı?

-8- Zirveden Aşşağa

Ben Tarık. Kendi ağzına boşalmak isteyen Tarık... Bilirim kusmak, sözcük üretmektir. En büyük grev, en küçük haksızlıktan devşirir. İşverenler memnuniyetsizliğin gramajını tıraşlar. Söz, yuhalanır. Çığlık, yastıklı mezarlara gömülür. Her şey karışır. Önden bir çorba buyurmaz mısınız?

Ben Tarık. Yılanların Öcü filmini on dördüncü kez izlerim. Kitabını henüz okumadım. Edinmek isterim. Dünyanın tüm Fatma Girikleri dünya ahiret annemdir. Evrenin tüm Kadir İnanırları şiveli boşluklarda babacan bir ritüelin devamlılığını tutar.

Nüfus artıyor. Bu, grup seks demek...

Dünya tarikatına mensubuz hepimiz. Ve ben Tarık. Self servis kafelerde bile masada oturup bekleyen adam. Hakkım olanı haksızca elde etmeye çalıştım. Bokun kimyasına bir güzel battım.

Yine de bazı kadınları çok seviyorum. Omuzları ve bel çukurları ve bir şeyleri yanlış anlamaları ve ayraç kullanmayıp okudukları her kitabı yarım bırakmaları enfes. Ve Ruhnaz'ı ruhundan becerdim. Pişman mıyım? Asla. Bilakis bir daha yatamayacağız diye ağrılı bir telaştayım. Bir ruh, herkesin sevgilisidir. Kadın, yıldızların parlayan uçlarını benimle aldattı. Hala gururlanırım.

Cansu'yu tanımıyorum. Muhtemelen bir yerlerde can çekişiyordur. Bana ne yahu? Bana ne?

Ben Timuçin. Ağzı açık kalmış çantalara doluşan rüzgarların oynattığı hacimsiz eşyalar gibiyim. Kırılıp dökülebilirim... Uçlarımdan kopabilirim. Zedelenebilirim; mundar edilebilirim. Ama bağıramam. Tabiatın işler yasası; eşyayı ağızsızlıkla cezalandırılmıştır. Keşke bir maşrapa ya da ankesörlü telefon olarak dünyaya getirilseydim.

Ben Cansu. Tiyatro üstüme devrildi. Shakespeare tecavüzcüdür. Ve ben safi kasığım. Bazı okuyucular beni telefonlarına 'kasık biti' olarak kaydetmiş telefonlarına. Ulaşamazsınız. Aramayın.

Ve ben Tayyar... Taşranın sıcak poyrazında 'silah kimin ağzında' adında bir yarışma programı sunmaktayım. Turkuaz rengi bir meleğin ucuzluktan aldığı kanatların defolu olduğunu kanıtlamak üzere adımlamaktayım.

Ben Aytaç Ars... Bir apartman girişinde elimde kalem öldürüldüğümde; elimde kalem öldürülmüş oldum. Can çekişme o kadar uzun sürdü ki; yerde sürünürken kanımla failin adını yazayım dedim; roman yazarı oldum.

Ben Ruhnaz... Fetiş hayalet... Pişman olmuş nedamet... Vejetaryen et... Ölümüm yaşamımdan evveldir. Anamın kasıklarında dönemin padişahı tarafından boğduruldum. İlk soluğumu mezarımın mermer döşemesinde kahkahayla yutkundum.

Ben kalem. Daha fazla yazmak istemeyen bir yapıdayım. Dükkanın önünde durmayın. Kapalıyız kardeşim. Kapalıyız.

Şimdi bir yaprak, hiç ağaçla tanışmamış bir yaprak usul usul düşecek. Alın kanayacak. Terör örgütleri barutu bırakıp mürekkebe dadanacak.

Üç kadın, üç erkek ve dirsek teması... Sırayı bozan kimse; sıranın kendisi olacak.

Sıra kaynamaya başladı bile. Biri geliyor. Önündekileri tartaklayarak... Tayyar mı Cansu mu Ruhnaz mı Timuçin mi Ayfer mi Tarık mı?

Kim bilebilir? Kim bilebilir ayna fabrikasındaki kazada kaç siluetin tuzla buz olduğunu? Gelen kürsüye çıkıyor. Kürsü, kurgunun ve bilinçaltının kürsüsü...

Boğazını temizleyip söz almanın yetkin sevincini gözlerinden dışarıya püskürterek mırıldanıyor:

-Hepinizin amına koyayım!

Biri gelip kürsü mikrofonunu ve konuşanı düzeltiyor:

-Cinsiyetçi küfür etmeyelim lütfen.

-Peki öyleyse. Hepinizin götüne koyayım!

-11- Tarık – Halk Uzun Roman Sevmiyor

Hey cin olmadan adam çarpan Tarık
Gitmeyen gidişattan kendine paslı tekerler aldın
Babalar çok kızdı sana; kulakların uzaya çekili

Hey adam olmadan cin çağıran Tarık
Kalmayan Kalamış'tan bir tatsız huzur aldın
Anneler çok ispiyonladı seni; duaların Tanrı'dan
mirasyedi

Halk çıkmaz sokak sevmiyor, artık yitelim
Halk, kalın duvar seviyor, kenara itilelim

Hey din olmadan; peygamber gönderen kuşsuz
kanat
Mağaralara çekildin de ne oldu?
Örümcek ağları kurtaramadı hayatını
Ne yaşadın sere serpe
Ne ölebildin kıt kanaat

Baktın ki hava da havalara uçuyor
Uzaysız astronot kendini pek yanlız hissediyor
Ve tabii ki yanlış yazdık kelimeyi
Sen TDK'dan çıkarıldın
Adın bir kerhanenin fosforunda parlıyor

Halk, duraklarda patlamayı seviyor; artık gidelim

Hey Tarık, ömrü dinamitin icadı olan kopuk
gövdeli serseri
Senin bir doğum günün yok
Senin bir imal tarihin var
Fabrika grev, sokakta isyan, bayırda infilak
Sana verilmiş bir gül yok
Sana kalan bir kül var

Hey Tarık, kulaktan kulağa oyununda Van
Gogh'a yenildin
Yerden yüksek oyununda hem Nilgün'e hem
Marmara'ya
Kışlalarda birliğini intihar ederek koruyan bir
askerdin
Vebayla öpüştün, sarıldın koleraya

Halk, uzun roman sevmiyor, artık bitelim.

AYTAÇ ARS
BEN
ONLARI
OYALARIM
Faab KİTAP

ÇIPLAK
PROTESTO
AYTAÇ ARS
"Pek acayip sloganların sayfalar boyu çarpıştığı, sıradaki cümleyi tahmin etmenin imkânsız olduğu, bazen oje bazen aseton kokan ve ara sıra türbülansa giren sarsıcı bir roman. Tüm çıplaklığıyla, Cesur Yeni Fahrenheit 1984!"
Hakan BIÇAKCI
ithaki

SEKİZİNCİ SEKSEK

Aytaç ARS

• ROMAN •

marjinal kitap

The Original
AYTAÇ ARS
ROMAN
Hiç
ANADOLU
Piç
AMERİKA

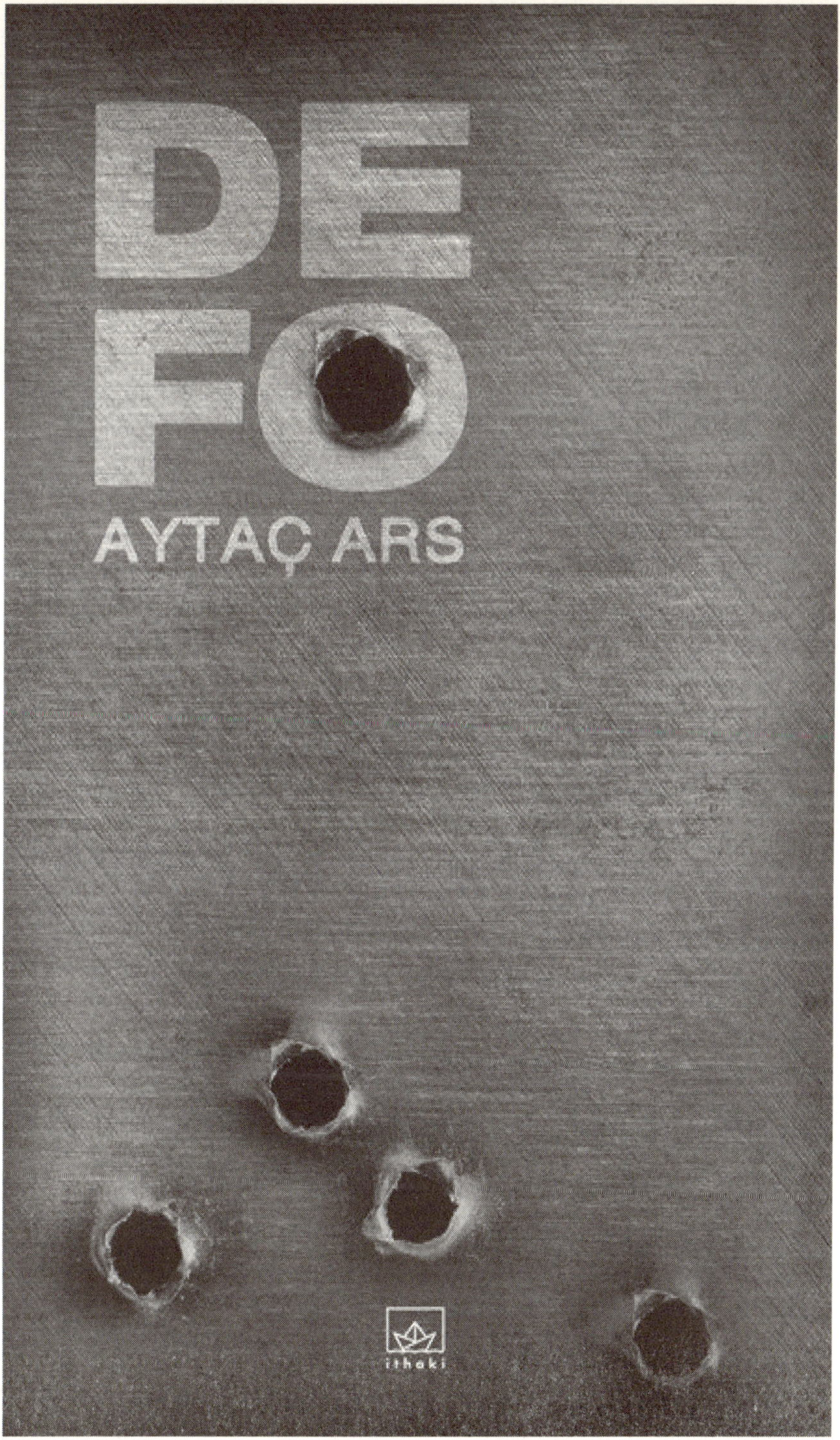
DEFO
AYTAÇ ARS
ithaki